PABLURAS

MIGUEL MARTÍN FERNÁNDEZ DE VELASCO nace en Valladolid y cursa la carrera de Derecho. Es padre de familia: tiene seis hijos varones. Pero, al mismo tiempo, como dice en su autosemblanza: «Sé amaestrar halcones, pescar truchas, qué animal es aquél y cuál sus huellas y cómo se ganchea una perdiz. Dónde hay aguas ocultas y otras muchas, muchas cosas inútiles y bellas de las que no enriquecen, pero te hacen feliz».

Es autor, también, de *Peña Grande*, que según muchísimos lectores de todas las edades, es el libro más bonito que hayan leído nunca. Está publicado en esta Editorial. PABLURAS es su segunda obra publicada y ha obtenido el Primer Premio Lazarillo 1983.

TEO PUEBLA nace en Puebla de Montalbán. Toledo. Su inquietud por la pintura nace con él. Desde la infancia va desarrollando esta vocación de manera autodidáctica hasta llegar a la profesionalidad.

Tiene numerosas obras ilustradas y también grandes cuadros en donde se refleja toda su sensibilidad hacia el mundo que le rodea, fundamentalmente hacia los niños, que, como él dice, *es lo más noble*.

Ha recibido múltiples premios por su labor, pero el último y más importante es el Primer Premio Nacional de Literatura Infantil 1982 a la mejor labor de ilustración de libros infantiles. En la colección Mundo Mágico ha ilustrado el libro de Carmen Vázquez-Vigo, *Sirena y Media*.

MIGUEL MARTÍN FERNÁNDEZ
DE VELASCO

PABLURAS

Premio Lazarillo 1983

EDITORIAL NOGUER, S. A.
BARCELONA · MADRID

Paseo de Gracia, 96, Barcelona

ISBN: 84-279-3146-8

Cuarta edición: octubre 1991

Cubierta e ilustraciones: Teo Puebla
Impreso en España-Printed in Spain
Gráficas Ródano, Viladecans
Depósito legal: B-26.509-1991

TESTIMONIO
DE AGRADECIMIENTO
A Montserrat Fonoll, que ejerce quijotesco apostolado de los libros hermosos, por haber incluido entre ellos, benévolamente, alguno de los míos.

DEDICATORIA
Para Anusca, bellísima y distinguida.
Para Carol, que me conmueve cruzando la calzada a la carrera, como un torrente rubio, sorteando automóviles, para darme un abrazo.
Para Reyes, que sí es sobrina mía, y bien sobrina, aunque mi hijo Juan no sea primo suyo.
Para Falo, a quien tengo en tanto, que no dudé en confiarle Mus.
Para Ana y Rafael, que hicieron estas maravillosas criaturas.

1

Ocurría que habían operado a madre en la capital, y padre andaba, el hombre, que le ardían los nervios, como velas en todos los cabos.

Me tocaba sacar las caballerías al pasto porque él tenía que ir a ver a madre y todo se le volvía marearme con consejos y más consejos:

—A ver si te andas con ojo. Con el garañón sobre todo. Si se desmanda, tralla en las corvas, que es donde más lo siente.

—Descuide —replicaba fastidiado por tanta insistencia.

—No te separes del río, no sea el diablo que te pierdas.

—Descuide, que no me pierdo.

—Más pronto las veas tiestas, arreas para casa.

—Descuide.

Yo era una pizca de crío, ésta es la verdad, y no abultaba lo que cumplía a mis catorce añazos. Pero que fuera menudo no quiere decir que no fuera despabilado, que lo era como un ratón, y ya me estaba cargando con tanta recomendación y tanta monserga. Porque, por más que le dijese «descuide, descuide» él no sacudía cuidados y vuelta la burra al trigo:

—Si se carean, consiéntelas. Pero, si tiran a desperdigarse, cuatro latigazos y de camino.

—Que sí, padre, que sí. Que me lo repite todo cuarenta veces, como si fuera lelo.

—A la noche me lo dirás.

—Qué he de hacer sino decírselo. ¿No saqué las caballerías veinte veces el año pasado y no pasó nada?

—Faltaría que les ocurriese algo ahora, precisamente.

—Lo que tiene que mirar es que no se le olvide decirle a don Ramón que me ha mandado usted con el ganado, no vaya a ser que, por cuatro días, me niegue el certificado.

2

Pesaba el sol hasta aburar la ropa en el fondo del barranco. Lo cierra, a naciente, un laderón de peña desnuda y blancuzca que refleja el sol como un espejo, cuando le cae de plano. El aire se escurría como miel de pegajoso.

Me desprendo de la blusilla y la coloco de parasol en la cabeza, las mangas por barbuquejo.

El garañón comienza a insolentarse. No es de extrañar que el bochornazo le caldee las sangres, de por sí calientes.

Me voy derecho a él, agarro firme la tralla que tiene una lonja de cuero más suave y mordedora que una víbora, la distiendo a mi espalda, la lanzo adelante y, cuando el trenzado de la punta sobrepasa dos palmos el anca del caballo padre, tiro seco hacia mí con todas las fuerzas.

Restallaba el látigo aquel como un relámpago.

El garañón, un animal soberbio y hermoso, todo brío y sangre, se me encabrita, resoplando desafiante.

Recojo la lonja tras la nuca y la disparo, en un abrir y cerrar de ojos, cebándola a conciencia, esta vez, en lo blando de las ingles del caballo.

El garañón se vence de riñones a la mordedura del cuero, piafa, se encoge, salta largo y corre a resguardarse entre las hembras y crías.

Pero es caballo entero y ha de salvar las apariencias delante de las yeguas. Su cabeza, fina y arrogante, se yergue desafiante sobre los lomos de las hembras.

Chasqueo la tralla en el aire recalentado y la cabeza desaparece, dibujando las crines un fugaz fogonazo dorado.

Me voy a tener que bañar, me digo, soltándome de la cabeza la blusa lagimosa de sudor.

Como buscando un punto de alivio, las yeguas se carean graves y espaciadas por la praderilla, estrecha y larga, entre la orilla del río y el arranque de la ladera, cubierta de robles y brezos y salpicada de espinos cuajados de florecillas blancas.

Las yeguas sacuden las colas rítmicamente contra los flancos y el bajo vientre, tratando de espantar las moscas doradas y de desarraigar los tábanos que se atornillan y barrenan hasta rasgar el cuero y hacer surtir cortos y anchos veneros de sangre espesa.

—No va a haber más remedio que bañarse. Esto no hay quien lo aguante —insistió.

Las caballerías pacen tranquilas y sosegadas. El caballo se mueve de un lado para otro, entre hembras y potros, mordisqueando caprichosamente aquí y allá la hierba suculenta y caliente. Pero muestra intención de tirar del rebaño para mala qüerencia.

—Te voy a dar verrón yo a ti, cacho chulo —le gritó, chascando la tralla, en un momento en que levanta la cabeza y se me descara.

Me suelto el único tirante cruzado, que sostiene el pantalón, y entro en el río con toda decisión.

El agua corta de fría. Me empapo, ritualmente, el cogote —corría entonces la creencia de que se le atascaba la digestión a quien se bañara sin humedecerse la nuca— y me acuclillo sobre el agua.

Apenas la cresta de un rizo me lametea las nalgas, brinco como si me hubiese mordido un cangrejo.

—O te abrasas o te hielas —protesto malhumorado.

Lo intento por segunda vez, conteniendo las respiración. Todo va bien hasta que las ingles entran en contacto con las salpicaduras heladas.

No puede ser. El río se forma de las escurriduras del nevero grande, a la espalda de Pico Negro, una legua más arriba, y las aguas saltan alborotadas por los bancos de peña lamida a la sombra de salgueras, alisos y avellanos locos. No templan hasta que se estancan en la balsa, ancha y soleada, del molino de Buenaventura.

Meto los brazos dentro de los torbellinos de espuma y agito las manos hasta que me duelen de frío. La sangre se refresca en los pulsos y corre ligera y suelta, como una bendición. Me paso las manos húmedas por pecho y vientre y me parezco otro.

Vuelvo la vista hacia el ganado y echo de menos al garañón.

Se ha encaramado sobre unas breñas y sacude el cuello haciendo ondear las crines al aire, alborotadas. Golpea furiosamente la peña con los cascos.

Seguramente relincha a pleno pulmón. Pero el fragor del agua en las cascadas ahoga sus desafíos.

—Esta vez te zurzo los corchetes para que escarmientes —le grito ingenuamente, disponiéndome a salir a su encuentro.

Algo me detiene, sin embargo, a los primeros pasos.

3

A la misma orilla del río, sobre lo más jugoso de la praderilla, hay plantado un lobo descomunal que me mira fijamente.

Nunca había visto yo lobo tan grande, tan próximo ni tan temible. Probablemente, tampoco él un niño desnudo y tan desvalido como yo.

La sorpresa y el pánico me paralizan por completo. Siento que la mirada del lobo, entre burlona y sádica, se me clava en las carnes tiernas, brillantes y apetitosas, como una profunda dentellada.

Trato de encogerme y desaparecer bajo las aguas que ya no se me hacen tan frías. Pero la lámina del riachuelo apenas alcanza un palmo de espesor.

El lobo, flaco, zancudo, rectas y pesadas las manos, ancha la frente, afilado y negro el hocico, los ojos amarillentos y oblicuos —casi sólo una raya a causa del fruncimiento forzado por lo áspero de la luz—, mantiene la mirada durante todo un eterno minuto.

En realidad, solamente el tiempo necesario para cerciorarse de lo poco que puede entorpecer sus propósitos aquella menudencia de animal erguido, húmedo y azorado, que era yo.

A lo largo de ese minuto, me angustia la idea de que el animal, consciente de su absoluta superioridad y de mi indefensión, demora saltar y despedazarme como el gato retarda la dentellada final al ratoncillo herido, recreándose en el prolongado martirio de la víctima.

Finalmente, el lobo me vuelve la grupa despectivo. Estudia el campo de operaciones barriendo, con las vista, la praderilla y se arranca, a suave tranco, en dirección a las caballerías.

Como siempre que presienten o comprueban la presencia del lobo, las yeguas se cierran, cabeza con cabeza, anca con anca, formando un apretado círculo en cuyo interior protegen a los potrillos.

El garañón relincha alocadamente desde su alto pedestal, como animando a las yeguas a mantenerse férreamente cerradas en calma y orden.

Pero ellas, soliviantadas, alzan al cielo las cabezas para mirar, con ojos espantados, casi en blanco, por encima de sus propias grupas.

La excitación les impide fijar los cascos en el césped. El círculo de animales se desplaza atropelladamente, en torbellino, arrastrando dentro la manada de potrillos.

Paradójicamente, las yeguas se apaciguan un tanto cuando comparece el lobo en su presencia. Se sujetan, entonces, apretadas unas contra otras, cerrando todo resquicio, como si la vista de la fiera les infundiera menos pavor que su proximidad adivinada por el olfato y por los relinchos del garañón.

Se endurece un silencio, tenso y pesado, a tono con el bochorno que gravita sobre el barranco.

Meto los pies en las sandalias, empuño el látigo y corro hacia el ganado. Tengo que volver atrás y calarme los pantalones que había olvidado.

El lobo, concentrado, sin apurar distancias, describe un amplio torno alrededor de las yeguas como tratando de localizar una fisura o de catalogar la resistencia nerviosa de cada eslabón de la cadena.

Una por una, las yeguas se ponen en evidencia cuando el

lobo se mueve tras ellas. Concluida la inspección, el lobo se lanza a un trote cansino, en círculos desiguales, sobre el aro de herraduras vueltas a él.

De improviso, se eleva verticalmente con un leve golpe de riñones. Cae y vuelve a saltar, cada vez más alto, sin aparente esfuerzo ni flexión del juego de sus extremidades como el atleta que salta sobre la cama elástica, hasta asomar sobre la cruz de las caballerías.

Los nervios de las yeguas se desatan nuevamente. El grupo se desmadeja cuando una yegua primeriza comienza a soltar coces, aterrada, tras un amago del lobo próximo a ella, en tanto una segunda yegua avanza, amedrentada, hasta mezclarse con los potrillos.

La vieja yegua pía, avezada en muchos asedios, se atraviesa cerrando la rotura del cerco y cocea rabiosamente para mantener al lobo a raya, aplomada en las manos.

La fiera, lenta en la carrera a causa de sus manos rectas y macizas, pero rápida de reflejos y flexible como una mangosta, brinca a un lado y otro, esquivando los golpes sin mayor dificultad. Encelada, sin embargo, por la proximidad de las presas y el desmantelamiento de la defensa, arriesga más de lo que fuera prudente.

La yegua pía se revuelve y dispara los cascos. El lobo se zafa con un quiebro pero viene a caer junto a otra yegua que, al removerse asustada, lo derriba y pisotea. Antes de que logre incorporarse el lobo, la yegua pía lo levanta en el aire de una enconada coz en el costado y lo lanza rodando por la pradera.

El lobo se toma un respiro de solamente unos segundos, para asimilar el golpe, y vuelve a la carga.

Las yeguas, estimuladas por el comportamiento de la pía, se serenan y recomponen el círculo. Es precisamente la vieja yegua quien forcejea entre las que tiene a sus flancos para abrir un pasillo, tentador para el lobo. Prefiere ser ella la que soporte el peso de la contienda aun cuando ningún potro suyo se guarde en el cerco.

El lobo se lanza al hueco. La yegua, posada en tres cascos,

sacude con el otro, intermitentemente, como el boxeador que prefiere la precisión y la rapidez a la fuerza y acosa a su contrincante con golpes secos y cortos.

En principio, el lobo esquiva con relativa facilidad y amaga con el cuello tratando de romper el ritmo de la obstinada caballería. La yegua pía baja la cabeza para ver al enemigo a través de los huecos que dejan manos y patas de sus compañeras y, en pocos segundos, alcanza de lleno, por dos veces, al lobo, una en la paletilla y otra en el cuello.

La fiera acusa los impactos y se retira unos metros. Pero vuelve en seguida y carga por otro punto.

Las caballerías, más asentadas ahora, cocean vigorosamente sin abrir fisuras. El lobo salta para eludir un golpe y donde cae recibe otro. La yegua pía empuja a la compañera para colocarse a distancia y estampana su herradura contra la frente del lobo que sale despedido y se acula sobre la hierba allí donde viene a parar. Sacude la cabeza como tratando de librarse de la oscuridad del aturdimiento y la sangre se le esparce por toda la cabeza y el hocico. Medio a rastras, se retira hasta el borde del prado, junto a la maleza.

Solamente entonces el garañón decide bajar de su pedestal e intervenir activamente en la pelea. A su acoso, el lobo se interna en la espesura y el garañón relincha victorioso.

El lobo dista mucho de darse por vencido. Cinco minutos después, aparece por la orilla del río. Piafa el garañón saliéndole al paso y las yeguas recomponen el cerco que comenzaban a abandonar.

El lobo desprecia al garañón. Burla sus manotazos sin el menor esfuerzo y avanza hacia el centro de la pradera, junto a las yeguas, seguido de los caracoleos y amenazas del caballo.

El anillo de animales gira sobre sí mismo. El lobo, menguado de reflejos a causa del asfixiante calor, el desaliento y los golpes recibidos, en un intento desesperado, casi suicida, salta entre dos yeguas. El torbellino de patas lo arrastra: rueda sobre el césped entre manotazos, pisotones y relinchos de las caballerías.

Creo, a mi vez, llegado el momento de intervenir. La fiera —pienso— ha de salir del carrusel sin resuello y con algún hueso roto. Empuño el látigo con decisión y me voy al lugar de la refriega.

El lobo sale rodando y se incorpora a unos metros. El garañón se va a él. Pero, al verme tralla en mano, me cede el protagonismo.

Se tumba el lobo, junto a un brezo, dolorido y descorazonado. Me figuro que, en tales condiciones, no podrá soportar la prueba de un chasquido de la tralla ante sus mismos hocicos.

A sus mismo hocicos chasca; pero él, lejos de amilanarse, se incorpora y descubre, en terrorífico gesto de amenaza, las rojas encías y la poderosa y amarillenta dentadura.

Vuelvo a restallar la tralla ante sus narices y el animal avanza hacia mí tan amenazante que retrocedo y salgo corriendo y no paro hasta que me veo encaramado sobre un salguero.

La verdad es que el lobo no me presta mayor atención. No cuento, en absoluto, de cara a sus propósitos. Si viene hacia la orilla del río es, simplemente, para beber y reponer fuerzas, tumbado a la sombra.

En esta ocasión se toma un descanso mucho más prolongado. Al cabo, reemprende la ronda en torno a las yeguas.

Este animal, me digo, tiene crías hambrientas. Antes se dejaría despedazar que desperdiciar la ocasión de llevarles carne. Y terminará saliéndose con la suya.

4

Salto del árbol y corro cuanto me dan de sí las fuerzas por el caminillo de sirga, en dirección al molino de Buenaventura.

Llego desfallecido de tanto esfuerzo a través de un aire pastoso y sofocante.

El portón del molino está cerrado y atrancado. Dentro ladra el mastín de Buenaventura. Buenaventura no está. Sabe Dios dónde habrá ido y dónde podría encontrar yo otro hombre que me auxilie.

Derrumbado sobre el poyo de piedra, junto al portón, lloro de rabia, de impotencia y de responsabilidad.

Tanto «descuide, descuide, descuide» y mira por cuánto. ¿Qué le diré a padre, a la noche, después de tanto alarde?

Porque el lobo, con aquella su tozudez de padre, cien veces más fuerte que todos los golpes que pueda recibir, insistirá todo lo que haga falta hasta abrir brecha, arrebatar un potrillo y dispersar las yeguas.

¿Qué puedo hacer yo para evitar el desastre o, al menos, para poder presentarme ante padre, justificado?

Sólo una cosa: volver junto al ganado y defenderlo como Dios me dé a entender y a costa de lo que sea. ¿Con qué cara me presento a padre si no lo hago así?

Estoy en estas reflexiones cuando el gallo de Buenaventura se cuela por el roderón tajado por las ruedas de las carretas bajo el portón atrancado. Se trata de un gallo agresivo, de cresta tiesa, esclavina dorada y reluciente y recios espolones, al que temen los chicos y mujeres que han de pasar por el molino. En cuanto una persona que no lleve pantalones largos le vuelva la espalda, el gallo salta sobre sus piernas desprotegidas y se ensaña con ella a tijeretazos de sus espolones, gracia que celebra Buenaventura con grandes risotadas.

Buena o mala, se me ocurre una idea y, en cinco segundos, la ejecuto.

Se me viene el gallo desafiante, zorrostrando las rémiges del ala derecha por el polvo, abultado el pecho y la cabeza ladeada. Me levanto, requiero el látigo y le parto el cuello de un trallazo.

Vuelvo a correr, con más decisión, si cabe, que a la venida, cortando monte a través. Avisto el ganado desde la última colina. Las capas de aire recalentado ondulan y desfiguran los contornos de las cosas en aguas de colores. Pero aprecio, claramente, que las yeguas mantienen la formación.

Bajo, sin fuerzas y sin respiración, por la ladera, manteniendo como puedo el equilibrio, el látigo en una mano, el gallo muerto en la otra.

El lobo sigue allí. Apenas puede tenerse en pie. Pero no ceja.

A saber los manotazos, coces y mordiscos de las yeguas que habrá encajado en este entretiempo.

No puede posar la mano derecha, descoyuntada a la altura de la paletilla. La sangre, oscura y pastosa, se le cuaja por toda la cara.

Pero no ceja. Pese a que el garañón, viéndolo claramente mermado, lo acosa más de cerca y con más decisión, se empeña, todavía, en remover las yeguas para violentar el anillo de protección.

Avanzo hasta diez pasos del ganado y cuando el lobo, en su

periplo, cruza frente a mí, lanzo el gallo a mitad de camino entre ambos. Él, al pronto, se espanta, saltando de lado. Pero, en un instante, rectifica y agarra al gallo por un alón.

Me clava, una vez más, su mirada eléctrica, amarilla y oblicua. Luego, renqueante, se pierde calmoso en la espesura del sotobosque. El asedio ha terminado.

La mirada del animal, intensa, sorprendida y, creo yo, agradecida, me impresiona hasta el punto de producirme escalofríos. Tanto o más que aquella otra cuando me sorprendió, desnudo, sobre el río.

Este pobre animal, me repito, tiene crías hambrientas y se hubiese dejado machacar con tal de no defraudarlas. Y en silencio. En todo el asedio ni ha gruñido ni exhalado queja.

Las yeguas, por fin, rompen la formación, relajadas, y lametean a los potrillos.

El garañón, apostado en el desportillado del robledal por donde se perdiera el lobo, se engalla y relincha glorioso, atribuyéndose lo mejor del suceso.

Llego a casa. Padre vuelve muy tarde, casi a media noche. Está tranquilo. Me pregunta cómo han ido las cosas y le digo que sin novedad.

—¿Y él garañón?

—Ni rebullir.

—Pues mira, mejor, porque mañana tendrás que volver a sacar el ganado.

—¿Al mismo sitio?

—Sí. ¿Por qué?

—No, nada, descuide.

5

Durante la noche se quiebra el cielo y suelta la inquieta carga acumulada en el bochorno de todo el día. No hubiera podido pegar ojo aunque no sucediera así. Aunque los truenos no hubieran estallado de tal manera que pareciese que el cielo se hundía en añicos sobre el tejado.

Tengo clavada en el alma la obsesión del lobo padre martirizado por buscar alimento para sus crías. Es, más que admirable, impresionante el sentido de responsabilidad del animal. Y a mí, como reflejo del suyo, me empieza a brotar y encandilar uno similar.

Conociendo, como conozco, el problema del animal, no me es lícito permanecer indiferente ante el sufrimiento y la angustia de una criatura del Hacedor que no ha cometido otro delito que cumplir la ley natural.

Me preocupa profundamente que la Providencia me haya elegido precisamente a mí para esta prueba. ¿Por qué?

No puedo hacer a nadie partícipe de mis inquietudes. Nadie lo entendería. Padre mismo, con todo lo honrado e incapaz de una mala acción que es, no lo entendería. Si le dijera que el lobo anda tras los potrillos porque tiene crías hambrientas y que las yeguas le han dado tal cantidad de golpes que no podrá salir de caza en muchos días, mañana mismo me mandaba a la escuela y se iba él a cuidar las yeguas, no con el látigo, sino con la escopeta.

Pensaría que si el lobo roba para alimentar a sus crías, razón de más para aniquilarlo antes de que saque adelante media docena más de enemigos de nuestro ganado y de nuestro pan. No comprendería la intensidad del drama ni las razones de la fiera aunque yo tratase de explicárselas desde mi punto de vista.

Y, si él no lo hacía, ¿quién lo iba a hacer?

Madrugo. Como madre sigue ausente, me preparo el almuerzo yo mismo. En uno de los senos de las alforjas coloco una rebanada de pan, dos lonchas de tocino salado crudo y una cebolla. Nuestras comidas eran así de frugales. En el otro seno coloco una gallina pedresa, la más grande del corral. Mi propósito inicial era llevarla viva por devolverla si no terminaba siendo necesaria. Pero me preparó tal alboroto que no me quedó más remedio que retorcerle el cuello.

Monto a pelo la yegua alazana, que es quieta y pacífica como una cordera, y arreo la piara hacia las praderillas, río adelante.

La tierra, húmeda, huele a gloria bendita y el aire está como seda. Buena diferencia de ayer. Hasta el garañón se muestra tranquilo con la blandura del día.

Dejo las caballerías sosegadas y con mucho aire entre medias y me encaramo al peñasco desde el que el caballo siguiera el acoso de la víspera. Domino a vista desde allí casi un kilómetro de riberas y todas las vaguadas del robledal a uno y otro lado. Llevo la gallina por el cuello: las alforjas resultan un poco largas para mi estatura.

Espero impaciente, devorando con los ojos cada posible acceso por los senderucos entre la espesura. La mañana transcurre desesperadamente lenta y sin novedad. Cuando el sol se cuelga con toda su fuerza frente al paredón, desciendo hasta la orilla del río, me refresco los pulsos en el agua, recupero el hatillo, como y me tumbo a la sombra.

Me pesan los párpados por culpa de la noche en blanco y me dejo ganar, perezosamente, por el sopor.

Debe ser media tarde. Despierto sobresaltado y presa de extraña excitación. Recuento tres veces yeguas y potros y la cuenta resulta cabal. Me extraña porque se ha pasado la hora de regreso y lo normal hubiera sido que alguna caballería, sabiéndose no vigilada, se hubiera desmandado después de llenar la andorga. Incluso el garañón pace extrañamente pacífico.

Todo está en orden. Sin embargo, el desasosiego se acrecienta. Noto, a flor de piel, una sensación enervante y una opresión en la garganta.

Recojo el látigo y las alforjas, con la gallina dentro, y me dispongo a reunir el ganado para arrearlo.

En esto, el garañón levanta la cabeza, ventea el aire y comienza a relinchar. Yeguas y potros se agitan alarmados. La tensión crece por espacio de algunos minutos mientras las yeguas parecen incapaces de ponerse de acuerdo sobre el lugar idóneo para establecer el cerco. El garañón asciende hasta su puesto de mando.

Por fin, aparece el lobo, renqueante, al filo de la maleza. Se detiene y observa la pradera con sólo un ojo. Las yeguas, poseídas del demonio, se enmadejan y desenmadejan sin acertar a cerrar la formación.

La fiera no muestra prisa ni interés por aprovechar el desconcierto de las yeguas. Camina por la linde del sotobosque como si pretendiera ganar altura.

He oído contar, en ocasiones, que el lobo se deja rodar hecho un ovillo, ladera abajo y con ello asusta a las yeguas, forzándolas a romper el corro.

Por lo que pueda ocurrir, me interpongo entre lobo y caballerías y arrojo la gallina todo lo cerca de él que me permiten las fuerzas.

El lobo se detiene indeciso. Observo, ahora, que tiene la cara desfigurada y un ojo cerrado por la hinchazón. Se duele al caminar, incluso sobre el piso mollar del césped.

No puedo evitar sentir pena y simpatía por él aunque me

siga produciendo miedo. Celebro haber tenido la ocurrencia de traer la gallina, pues, en su estado, las yeguas lo hubieran destrozado sin remisión.

Deseo de todo corazón que coja la gallina y se vaya, bendito Dios.

Se desplaza parsimoniosamente hasta ella, pero no la toma.

Pensará, sin duda, que de un potrillo puede cobrar una buchada más que suficiente para que maten el hambre sus seis o siete lobeznos. En cambio, la gallina se les quedará en briznas entre los dientecillos.

El lobo, por norma, no acarrea la pieza cobrada hasta el cubil. La devora, en todo o en parte, según su tamaño y regurgita en la lobera para que se alimenten las crías de carne ya triturada y ligeramente predigerida. Solamente de forma ocasional el padre lobo transporta alguna pieza o parte de ella en la boca.

Cuando mis nervios están a punto de saltar, el lobo humilla la cabeza y cierra las mandíbulas sobre la esclavina de la gallina pedresa. Con ella prendida, se vuelve, cojeando lastimosamente, por donde había venido. Le sigo a prudente distancia hasta lo alto del puerto porque me punza la curiosidad de averiguar dónde tiene el cubil. Pasa la silleta del puerto, baja hacia la vaguada de Fuentesanz y remonta, por el regajo, hacia los breñales de Pico Negro. Lo pierdo de vista entre los brezos y robles. Por la dirección en que camina, deduzco, más o menos, dónde quedará la lobera en la que esconde sus crías.

6

Fuera de toda duda, el animal no se encuentra en condiciones de cazar. La parsimonia de sus movimientos no es fingida, sino consecuencia del mucho daño que lleva dentro, aparte del que se pueda apreciar a simple vista. La paletilla parece desencajada en el juego, según le cuelga la mano, y ha de tener hundidas o rotas algunas costillas.

Su vitalidad ha quedado reducida a poco menos que nada. Indiscutiblemente, ayer las yeguas hicieron un concienzudo trabajo. De no ser por la pía, el lobo se hubiera llevado un potrillo a costa de un par de coces.

A pesar de todo, si hoy no le doy la gallina lo hubiera intentado de nuevo y las yeguas lo hubieran terminado de desarmar a coces y pisotones.

Yo siento, muy dentro de mí, la satisfacción del deber cumplido y me hago el firme propósito de persistir en esta línea.

Siento también ciertos remordimientos que procuro ahogar porque no resultan cómodos. Ayudando al lobo, puedo perjudicar a otros. Incluso, como no tengo absolutamente nada mío, para ayudar al lobo tendré que tomar —o robar, para decirlo en su justo término— gallinas u otros animales.

Pero hay una jerarquía de valores.

Los sentimientos nobles y desprendidos deben ocupar la cúspide y a ellos deben ser sacrificados todos los demás.

Se me ocurre también que este argumento, válido si se sacrificaran bienes propios en aras de altos sentimientos, no lo es tanto si, en nombre de mis sentimientos, sacrifico bienes ajenos.

Me resisto a profundizar en estos planteamientos porque estoy conmovedoramente impresionado y hay algo, más inmediato, que me obsesiona mientras cabalgo en la yegua alazana, camino de la aldea, arreando el ganado.

Media docena de lobeznos y sus padres han de precisar, como mínimo, cinco o seis kilos de carne diarios para saciar el apetito. Poco provecho pueden sacar de las cuatro libras que puede malpesar una gallina. Para alimentar a la familia de los lobos exclusivamente a base de gallinas, se necesitarían tres diarias. Dos por lo menos.

Tomarlas de un corral de catorce, donde una sola se echa de menos en seguida, resultaría demasiado escandaloso. Además, no es cuestión de un par de días lo que necesita el lobo para recuperarse. Porque si fuera cosa de un par de días, se podría arreglar la cosa de forma que pareciese que había entrado el zorro en el corral y había organizado una de sus fechorías.

Cada día tiene su afán y lo que interesa, con urgencia, es resolver el día de mañana. Luego, ya veremos el cariz que va tomando el asunto.

Me pregunto cómo podría arreglármelas para conseguir, esta misma noche, cinco kilos de carne sin coger más gallinas de nuestro corral.

El diablo, que nunca está lejos de mi oreja, me sugiere la solución: el conejo padre de la Eufrosina, de raza Gigante de España Pardo, ha de pesar esa media arroba que necesito.

La empresa no implica graves riesgos porque el perro que guarda el corral de la Eufrosina se lo regalé precisamente yo, ya criado, porque madre no lo quería en casa ya que le traía al gato por la calle de la amargura.

La tapia del corral se trepa sin mayor dificultad. Fue levantada piedra sobre piedra, sin argamasa, y hace mucho que se desmoronó el revoque de tierra y paja que le dieron, a causa de las lluvias.

Me preocupa un punto, que la idea de convertirme en ladrón no me remuerda en absoluto. Como es natural, trato de justificarme argumentando que no se trata de satisfacer un capricho, sino de remediar un estado de necesidad plenamente justificado. Por añadidura, la Eufrosina tiene en el corral otros conejos machos en recría que pueden suplir con ventaja al reproductor, viejo y pesado para cubrir las conejas y demasiado duro para el puchero.

Cuando llega la noche, todo está decidido. Sólo queda actuar. Padre ronca durante el primer sueño y no hay riesgo de que me oiga. No como madre, que despierta con el suspiro de una mosca. Al amparo de los ronquidos de padre, me descuelgo por una maroma desde el balcón a la calle.

Escalo la tapia del corral de la Eufrosina, después de establecer contacto con el perro y acariciarlo a través de los huecos de la trasera para asegurar su connivencia.

Con toda impunidad alcanzo el jaulón del conejo gigante. Levanto la tapa y trato de izar al animal por las orejas. Ni estirando el brazo cuanto puedo y poniéndome de puntillas puedo conseguirlo.

El conejo es más largo que yo alto. Tengo que terminar tumbando el jaulón. Todavía me cuesta muchas fatigas dominar a aquel energúmeno que tiene fuerza y vicio como un toro. Me pone un zapatón en el antebrazo, y, con las uñas, me rasga la piel hasta la muñeca. Me las veo y me las deseo hasta que el perro que yo crié, comprendiendo mis dificultades, interviene con una certera dentellada en el cuello del gigante.

Hay que rasgar la tela metálica de la conejera, bastante pasada del orín, y permitir que el conejo se desangre un poco sobre el suelo para que la Eufrosina culpe al perro o al raposo del desaguisado.

Sin dificultad, vuelvo a la calle. La aldea está negra, callada

y muerta. Cualquiera que se lo propusiera podría llevar a cabo algo cien veces peor que lo mío con la misma impunidad. Cuando quisieran ladrar los perros y salir los hombres con sus insignificantes luces de carburo, los ladrones se habrían agazapado en la maleza de las afueras y se reirían de sus perseguidores a los que verían venir iluminados por sus propias luces. Su misma miseria defiende a la aldea de los ladrones.

Coloco la pieza a buen recaudo, regreso a mi habitación trepando por la maroma y trato de dormir inútilmente. Son demasiadas emociones y responsabilidades las que pesan sobre mí para que pueda conciliar el sueño.

7

Ignoro cuándo un niño se hace hombre, como norma, aunque he tratado con niños toda mi vida, puesto que terminé siendo maestro. Lo que puedo asegurar es que yo me hice hombre en el insomnio de aquellas dos noches, desde el momento en que tomé la determinación de hacer lo que me parecía que debía hacer, a ciencia y conciencia de que habría de parecerles mal a los que trataban de enseñarme cómo debía ordenar mi conducta.

Un niño hace las cosas de una manera determinada porque se las mandan hacer así o porque teme que, haciéndolas de otro modo, le van a reprender o propinar un cachete.

De pronto, el niño se ve capaz de discernir por sí mismo y de tomar sus propias determinaciones. Casi siempre se equivocará. No tiene importancia: también se equivocan los mayores y, lo que es peor, se aferran con más tenacidad a sus equivocaciones.

Esto, más o menos, es lo que a mí me ocurrió, y conste que no lo exhibo como modelo de conducta a seguir, todo lo contrario.

Pero lo cierto es que había adquirido un claro punto de vista y consideraba muy difícil que nadie lograra torcer mi camino sin convencerme, con razones buenas y suficientes, que los motivos de las personas mayores y serias eran, realmente, mejores que los míos.

Arrebujado en la negrura de mi cuarto, meditaba que las personas mayores no pensaban sino en su propio y pequeño egoísmo y de aquí sacaban norma para todo.

Pasaba revista, una por una, a las caras de todos los vecinos de la aldea para convencerme de que cualquiera de ellos era incapaz de albergar una idea realmente noble y elevada como la que a mí me embargaba.

De sobra sabía yo que no podía considerarse una suerte pensar de distinto modo que todos los demás y que esto me habría de acarrear innumerables cuestiones y preocupaciones. Pero una vez que compruebas cuáles son tus verdaderos pensamientos y sentimientos, has de serles fiel a toda costa, a poca estima que tengas de ti mismo. Sería honrado añadir una apostilla: siempre que con ello no perjudiques a los demás. Por esta consideración, digo, mi conducta distaba de servir como modelo.

Con la luz, las cosas se ven de otro color, solía decir madre. Y no le faltaba razón si lo decía por lo que veía a diario. En las noches interminables del invierno se organizaban tertulias en las cocinas, al amor de la lumbre.

Uno decía: en cuanto levante la nieve pongo manos a la obra, pico un pozo en la tierra de tal pago y siembro remolacha forrajera para que no le vuelva a faltar comida al ganado otro invierno. Otro aseguraba que iba a descuajar una mancha de robledo y roturar la parcela, de tierra negra sin fondo, de la que iba a sacar no sé cuántas arrobas de patata de siembra. Un tercero porfiaba que era capaz de comprar cincuenta vacas, arrendar la Dehesa de los marqueses y salir de miserias de una vez para siempre.

Cuando amanecía, ya habían olvidado sus alardes, pasaban el invierno mano sobre mano y ni se picaba el pozo ni se roturaba el robledo. Ilusiones mezquinas no mueven grandes empresas.

Lo mío era diferente. Ser fiel a uno mismo no es ilusión vana, sino uno de los empeños más serios que puede plantearse un hombre. Y con esta gravedad y la tozudez propia del muchacho para con sus primeras ocurrencias, lo tomé yo.

Más aún cuando aquella mañana, apenas llegado al pastizal, descubrí al lobo esperándome al borde de la maleza, después de que las yeguas barruntaran de lejos su presencia y se resistieran a seguir adelante.

Misericordia daba ver al pobre animal, seco de ijares, la cara deformada y sucia de la materia que supuraba la herida, arqueado de lomos y pisando sobre las uñas.

Más temeroso que decidido, aguantó que me fuera aproximando hasta una docena de pasos de él. Adiviné que, si forzaba un poco más la situación, se iba a ocultar en el monte. Le mostré el conejo, lo deposité sobre la hierba y me retiré media docena de pasos.

No parecía considerar aquélla suficiente distancia. Se aculó donde estaba y allí permaneció inmóvil durante diez minutos, sin mirar al conejo, como si no lo codiciara.

Me miraba a mí con su único ojo abierto, no muy abierto, por cierto, porque la luz del sol era despiadada, y con una mirada tan enigmática que daba la sensación de que el animal no estaba tras ella.

Me retiré un paso y otro y otro más hasta que la distancia le pareció razonable. Entonces avanzó él, tomó el conejo por una pata y lo arrastró trabajosamente hasta la espesura del monte.

Dando un rodeo para no delatarme, penetré en el monte y, sigilosamente, me acerqué al lugar donde se había tumbado, sobre el vientre, para devorar el conejo. Estaba rompiendo la piel sobre las paletillas. Chascó minuciosamente los huesos viejos y duros hasta hacerse con las entrañas, la riñonada y las mazas musculares de los perniles. Es este punto volvió la cabeza, me descubrió, se incorporó, tomó lo que quedaba del conejo y se retiró monte adentro.

El lobo siente pudor y desconfianza y no consiente que le

vea comiendo ni siquiera la comida que yo mismo le he proporcionado.

Lo veo, por fin, allá, al fondo del barranco, moviéndose lenta y dolorosamente. En la boca lleva la piel, casi vacía, del conejo.

No creo que pueda venir mañana. Acaso no pueda venir nunca más. Lejos de mejorar con respecto a ayer, ha perdido fuerzas, aún, de las pocas que le quedaban.

La herida de la cabeza se le ha enconado y mana un material de muy mal aspecto que pronto será pus y el dolerse de la manera que se duele no cabe duda que se debe al daño que lleva dentro del pecho.

¡Si no se tratara de un animal tan arisco y desconfiado! Pero, claro, cómo no habría de ser arisco y desconfiado un animal a quien todo el mundo odia y persigue a muerte y a quien no falta inteligencia para percatarse de ello.

Porque el lobo es uno de los seres más perspicaces para entenderlo todo y más consciente del drama que constituye su propia vida.

Yo hoy sé, por larga experiencia, cuán tímido, afectuoso, sufrido y frugal es un lobo cuando se trata de algo que le afecta a él exclusivamente.

Solamente si hambres desesperadas amenazan la supervivencia de la especie, el lobo desarrolla su capacidad de astucia, arrojo, fuerza y desprecio de su propia vida.

El comportamiento del lobo responde a dos principios de contenido realmente ejemplarizador: un ilimitado respeto al bien de la especie y una renuncia absoluta a todo egoísmo individual.

Otros animales pelean entre sí, incluso a muerte, cuando escuchan la enervante llamada del celo. Si la población de lobos es normal en un área determinada, solamente se reproducirá la pareja formada por el macho y la hembra mejor dotados, Todos los demás lo aceptarán con absoluta conformidad.

Cuando las largas nevadas sepulten toda posibilidad de alimentación, los lobos se reunirán en manadas para concentrar sus fuerzas y desesperaciones en busca de sustento. Todos contribuirán a cazar en condiciones máximas de riesgo. Pero todos aceptarán que se alimenten en primer lugar, los ejemplares mejores, de modo que, si no hubiera alimento para todos, perecerían los ejemplares menos selectos y supervivirían aquellos de entre los cuales se eligen, normalmente, los individuos aptos para la reproducción de la especie.

La leyenda de la ferocidad del lobo se basa en el hecho real de que las manadas de lobos —muy rara vez un animal aislado y en perfectas condiciones— causan una innecesaria e injustificable mortandad en rebaños de animales domésticos.

He dedicado muchas horas de estudio a buscar una posible explicación a esta conducta y solamente se me ocurre una con visos de credibilidad.

De la misma manera que la forma de la cabeza o de las patas o el color de la piel, los animales heredan de sus progenitores algunos comportamientos que realizan de forma totalmente automática.

La golondrina no necesita discurrir cómo fabricará su nido ni qué actitudes tomará en la fase de galanteo previa a la reproducción. Llegado el momento preciso —que viene determinado por condiciones ambientales—, la golondrina actuará como si un apuntador que llevara dentro le fuera dictando, uno por uno, todos sus movimientos. Algo similar ocurre a la abeja que construye su panal o al castor que levanta una presa en el río.

Consta que el lobo vivía ya en la época glacial (que comienza hace seiscientos mil años y concluye hace diez mil). En esta era se produjeron cuatro períodos de intenso frío, cada uno de los cuales se prolongó a lo largo de cincuenta mil años, más o menos.

Pues bien, en estas épocas frías o glaciaciones, tan tremendamente prolongadas, se formó un enorme casquete de hielo que, bajando desde el polo Norte, invadía más de media Europa. En los países no cubiertos por él, se formaban enormes glaciares en las cordilleras que superaban los mil metros de altitud.

El agua que se evaporaba en la superficie del mar, y se precipitaba sobre estos glaciares en forma de lluvia o nieve, se congelaba en contacto con el hielo del glaciar y engrosaba su costra. Estas costras de hielo llegaron a alcanzar alturas de miles de metros y hundieron las montañas bajo su peso.

Amplias zonas de terreno en torno a los glaciares permanecían nevadas durante muchos meses del año, puesto que el frío que irradiaba el glaciar conservaba la nieve. Al fundirse éstas en primavera, crecían jugosas praderas a las que acudían rebaños de animales hervíboros que se dispersaban por toda su extensión hasta que, llegado el otoño, volvían a reunirse en nutridas manadas para regresar a los pastizales de invierno.

Los lobos realizaban largos desplazamientos de caza desde sus zonas de asentamiento. Pero no emigra

Los que tenían sus cubiles en estas praderas periglaciares, al contemplar los rebaños reunidos para la emigración, presos de extraña excitación, caían sobre los rebaños de hervíboros y sembraban el suelo de animales degollados.

La nieve cubría los cadáveres y los conservaba incorruptos. (Todavía hoy siguen apareciendo mamuts, muertos hace diez mil años, entre los hielos de Siberia. Su estado de conservación es tal, que su carne se emplea en la alimentación de perros esquimales.)

Durante los duros e interminables inviernos, los lobos podían sobrevivir gracias a la carne que recuperaban escarbando en la nieve.

La especie lobo continúa conservando aquellos esquemas de conducta merced a los cuales logró perpetuarse y que acaso vuelvan a serle útiles en un futuro más o menos lejano.

Hoy, al contemplar un rebaño de ovejas, reaccionan los lobos de manera similar a como lo hicieran entonces frente a las grandes concentraciones de animales dispuestos a emigraban.

Si el lobo ataca, hoy, a la camada de una jabalina, por

ejemplo, se conformará con atrapar un jabato y no se despertará en él el feroz atavismo.

Con el zorro, que también vivió aquella época, ocurre algo similar, lo que parece venir en apoyo de esta hipótesis.

Bien. Decíamos que el lobo de la historia que venimos relatando se comportaba conmigo del modo más desconsiderado, cosa que yo sentía, más que nada, porque no me permitía limpiar y desinfectarle las heridas y aplicarle alguno de aquellos remedios que nos aplicábamos nosotros mismos.

Pero no se lo reprochaba. Él era así y había que aceptarlo o rechazarlo tal y como era.

Yo lo aceptaba porque comprendía perfectamente las razones de su aspereza.

8

Como decía, no las tenía todas conmigo con respecto a que el lobo pudiera comparecer un día más, dado el lamentable estado en que se encontraba la víspera.

No era cosa, pues, de arriesgarse en otra aventura de robos para proporcionarle una comida que acaso no acudiera a recoger.

Tampoco resultaba prudente acudir con las manos vacías, por lo que pudiera ocurrir. Entré, alforjas en ristre, en la despensa de casa. Tajé doble ración de tocino y cargué unas vértebras de cerdo adobadas de las que madre echaba en el cocido para dar sustancia y que calculé que no echarían mucho de menos inmediatamente. Cogí también un buen tazón de garbanzos y media docena de patatas viejas y arrugadas de las que brotaban tallos de un palmo. A última hora, volví a entrar en la despensa y tomé dos huevos. Cosas todas ellas reintegrables si no fuera preciso gastarlas.

Con la mentalidad de hoy, mi sisa puede parecer ridícula. No lo era entonces. Excuso decir el rapapolvo que me hubiera costado si padre llega a descubrirla. Ni siquiera me hubiera valido la excusa de que todo el día corriendo tras el ganado me abría un descomunal apetito y llevaba aquello para prepararme un cocido reparador.

La matanza estaba aquilatada hueso a hueso y brizna a brizna para que soldase con la siguiente —que no se realizaría hasta noviembre, allá por san Martín— . Los huevos eran artículo de lujo, muy por encima de nuestras posibilidades, que se guardaban para vender en el mercado. Solamente se echaba mano de alguno de ellos para los bollos de Pascua o para preparar una tortilla francesa o una sopa de ajo ilustrada a algún miembro de la familia convaleciente de alguna enfermedad.

No creo preciso aclarar que no pretendía otra cosa que cocinar un cocido al lobo en el caso de que quedaran arrestos para acudir a la cita.

El lobo acudió. Es decir, me estaba esperando cuando llegué.

Dios sabe a costa de cuántos esfuerzos y padecimientos habría hecho el camino desde el cubil por más que la distancia no fuera grande, con aquel paso quebrantado, la mano derecha tumefacta y colgante, el lomo arqueado y seco y el bulto de la cabeza lleno a reventar de materia.

Preparé una hoguera, pelé y troceé las patatas y puse a cocer todos los ingredientes, con su poquito de sal, en una lata grande de escabeche.

El animal se sentó primero y se tumbó después, esperando pacientemente el resultado de aquella operación que él sabía más o menos relacionada con su comida, pues de otro modo no hubiera adoptado aquella actitud.

Me temo que los garbanzos resultaron duros. Me daba cargo de conciencia tener allí al pobre animal esperando por más que no diera la menor muestra de impaciencia.

Con todo, el aspecto del guiso resultó atrayente por la nata roja que se formó por encima, a costa de la grasa del tocino y del adobo de los huesos y no poco apetitoso por el olorcillo que desprendía.

Poco me hubiera importado a mí despachar un buen plato de aquel potingue. Pero no me parecía justo matar mi hambre a costa de la suya puesto que yo podría desquitarme por la noche de la que hubiera pasado.

Retiré de la lumbre el pote y lo dejé enfriar sobre la hierba. Cuando el calor de la lata no ofendía la mano, me retiré diez pasos y me senté en el suelo.

Por el olfato, había terminado de comprender el lobo que aquella extraña cosa constituía su ración del día. Pero no tenía ojos para la lata sino para mí. Quería decirme que todavía me encontraba demasiado cerca para que él pudiera cumplir tranquilamente su cometido, en pleno descampado.

Sin levantarme, reculé como un cangrejo. Al llegar la distancia a unos quinces pasos, él se levantó y se aproximó a la lata.

Sorbió el caldo a lametadas, apuró los tropiezos y relamió el fondo. Todo ello sin dejar de mirarme.

Todavía se me quedó mirando fijamente como preguntándome si aquello era todo o solamente el primer plato.

No quise herirle diciéndole que lo que se había comido, no solamente era todo, sino que incluía mi propia comida y que yo tendría que pasarme el día bebiendo del río para que no se me pegasen las tripas.

Me limité a encogerme de hombros. Él volvió grupas y, con su paso dolorido, comenzó a trepar la pendiente del monte, camino de la silleta del puerto.

Picaba viento del sur y el ganado no había olido al lobo, puesto que me cuidé de dejarlo en las praderas más bajas. Se mantenía muy tranquilo porque había brotado y ablandado la hierba con el chaparrón de la primera noche.

Me dediqué a buscar nidos por el monte y la verdad es que encontré bastantes. Pero todo lo que recolecté apenas cubría el fondo de la lata que había utilizado como cazuela.

Estuve probando a desalojar topos de sus huras echando agua por una de las bocas hasta inundarlas. Logré atrapar unos cuantos, pero tampoco abultaban maldita la cosa.

Me convencí de que aquellos procedimientos de ninguna manera podían rendir lo suficiente como para resolver la papeleta que se me avecinaba pues ya estaba claro que el lobo seguiría presentándose cada día en demanda de su ración hasta que pudiera valerse para buscarla.

Y tan claro que estaba. Aquella tarde volvió a presentarse como dando a entender que lo que había recibido por la mañana no podía considerarse ración completa para una familia como la suya.

Le ofrecí todo lo que contenía la lata, pero se lo hice pagar. Me tumbé a diez pasos de ella y no cedí un solo milímetro. Se lo estuvo pensando no sé el tiempo. Cuando comprobó la firmeza de mi determinación, inició una lentísima marcha de aproximación, pero no en línea recta, sino sesgada.

Comencé a hablarle en susurros para animarle:

—Si no tenías miedo de mí cuando te amenazaba con el látigo ¿cómo es que lo tienes ahora que no lo tengo a mano y, lejos de tratar de ahuyentarte, quiero que te comas ese alimento?

Abocinaba las orejas y fruncía el entrecejo lo poco que se lo permitía la hinchazón del ojo derecho en un esfuerzo por entender mi mensaje.

Poco a poco, fui aumentando el tono hasta el de una conversación confidencial entre amigos:

—¿Qué daño puedes esperar de mí? ¿Qué mal imaginas que puedo hacerte? Si fueras como deberías ser, vendrías a mi lado y yo, con todo cuidado para no dañarte, apretaría con dos dedos en la hinchazón hasta que saliese toda esa materia y te lo lavaría con agua salada caliente. Mañana traería un poco de manteca de cerdo y otro de azúcar para embadurnarte las heridas y contusiones y, en cuatro días, estabas cazando como nuevo. A lo mejor te iba bien la ergotinina que ponemos a las caballerías cuando se mancan.

No parecían impresionarle mis conocimientos de veterinaria ni convencerle por completo mis protestas de buenas intenciones.

Pero, mientras tanto, estaba más próximo a él que lo hubiera estado nunca, excepto cuando me enfrenté a él con la tralla.

Podía contemplarlo a mis anchas y me daba la sensación de estar penetrando poco a poco en su psicología pues aquella misma guerra de resistencia que me hacía no dejaba de ser una forma de comunicación.

Él parecía decir: «¿No comprendes que soy un lobo feroz elegido por mis compañeros para perpetuar la especie y tengo obligación moral de desconfiar, por doble motivo, del animal erguido que siempre ha tratado de destruirnos y borrarnos de la faz de la tierra? Todavía si yo fuera un lobo corriente...»

Yo trataba de transmitirle que este pequeño animal erguido que era yo y al que tan poco enemigo consideró cuando trataba de llevarse un potrillo, era ahora, todavía menos enemigo que entonces y no iba a mover un sólo dedo por perjudicarle. Todo lo contrario. Ya veía él que estaba dispuesto a ayudarle todo lo que estuviera en mi mano. Si colaborase una pizca, podría curarle la herida de la frente que él no se podía lamer para desinfectarla. Podía traerle comida suficiente para que no tuviera que andar por ahí robando crías de ganado y recibiendo tundas como la que le propinaron las yeguas. Podía evitar, en fin, que le dieran ese tiro que le iban a dar el día menos pensado.

9

Si no te interesa en absoluto echar el guante a un gato, es suficiente que te sientes a la mesa para que venga a zorrostrar su lomo contra tu pierna. Lo verás plácidamente tumbado, adormilado, sobre un edredón, sobre la alfombra o en el montón de heno del corral.

Si te propones cogerlo, comenzarás por no encontrarlo allí donde lo busques. Pero si, por ventura, lo encontraras, nunca permitirá que te acerques lo suficiente para que puedas alargar la mano hasta él. No es menester que te mire a los ojos para que adivine tus intenciones. No es necesario, siquiera, que te vea. Si, de verdad, el gato no es el mismísimo diablo, tiene pacto con él.

Cuidado que puse todos mis sentidos y facultades en no dar a entender al gato de casa mis propósitos. Todo fue en balde. Saltó sobre el bardo de la tapia del corral y no volví a verlo.

El hombre se equivocó de medio a medio domesticando a este animal. Que me perdonen las personas que aman a los gatos. Si se hicieran cuentas cabales, se comprobaría que el gato causa muchos más daños que causarían los ratoncillos que, teóricamente, debiera cazar. El gato de casa, al menos, tenía en su haber tal cantidad de fechorías que no las hubiera saldado matando cien ratoncillos diarios.

No me explicaba cómo madre podía tenerle la menor estima. Es decir: hay personas tan generosas que son capaces de dar cariño a seres que no corresponden a él sino con egoísmos. Admiro a estas personas por su magnanimidad.

Que no se descuidara madre y dejara abierta la puerta de la despensa medio minuto porque, en menos que canta un gallo, salía el gato con una ristra de chorizos. El gato no se conformaba, como yo, con un par de lonchas más de tocino y unos huesos en adobo, no. Él se llevaba las tajadas de la orza, que a mí me parecían pecado mortal, o medio kilo del chorizo bueno, que tampoco tiraba del sabadeño.

Y no digamos ya si padre traía unas truchas y madre se agachaba, de espaldas al fogón, para llenar la alcuza de aceite del garrafón.

Como contrapartida, jamás le vi cazar un ratón. Y eso que los había a patadas tanto en la casa como en el corral. Se pasaba el día durmiendo o tramando pillerías que no me explico cómo se las pasaba madre.

Así que determiné entregárselo al lobo para que hiciera justicia a todos sus latrocinios.

A dormir volverá —pensé—. Por si acaso, me asomé sobre el corral de la vecina por si el suyo andaba por allí. (El nuestro no osaba pisar aquel corral donde tantas fechorías había cometido y tantos palos había recibido.)

Nuestro gato no solamente se había ido al monte sino que había corrido la voz entre todos los del pueblo de que Pabluras (así me llamaban los chicos de la aldea) andaba a la caza del gato.

Como quien no quería la cosa, me fui a echar un vistazo a casa de la señora Julia, la Bruja, que andaba siempre rodeada de seis o siete gatos.

Estaba ella haciendo calceta al fresco del emparrado porque el atardecer era caluroso y seis mininos, cada uno de un color y una señal, merodeaban a su alrededor.

—Buenas tardes, señora Julia —saludé con almibarada cor-

tesía—. ¿No tendrá usted un poco de manteca rancia para untar las botas?

—Sí, creo que sí la tengo.

—Es que madrugo para llevar las yeguas y la hierba está perdida de rocío todas las mañanas.

—Aguarda un momento, galán.

Cruzó el umbral y todos los gatos desaparecieron tras ella. Apareció luego con una lata de sardinas llena de manteca amarillenta.

—¿Me harías un favor a cambio, majo?

—Mándeme usted lo que sea.

—Verás. Me ha parido la cerda vitoriana chata. Once lechones como once soles. Ya sabes tú cómo es de criadorona. Pero se me ha retrasado tres días de la cuenta y los dos primeros han salido muertos.

—¿Quiere que se los lleve a enterrar?

—Sí, galán, ese es el favor que quería pedirte.

—Dígame dónde los tiene y yo mismo entraré por ellos, no hace falta que se moleste usted.

—No, hijo, no, que los tengo en un costalillo a buen recaudo por estos bichos del demonio que todo lo lameronean.

—Señora Julia —le dije—. ¿El búho es malo?

—Es un poco tolondrón y lechuzo, pero no es malo. Ningún animal es malo.

—¿Ni siquiera la culebra?

—Ni siquiera la culebra.

—¿Y el lobo?

—El lobo tampoco es malo. Es una criatura de Dios y de la Tierra como tú y como yo.

—Pero mata ovejas y potrillos...

—¿Es que no matamos nosotros animales para comerlos, como hace él, y no nos parece mal?

—¿Y los gatos?

—Los gatos acaso sean los menos buenos de todos los animales. Pero también con ellos hay que tener caridad y tratar de corregirlos.

—¿Me daría uno de los suyos para mí solo?

—Bajo palabra de que lo cuidarás bien, puedes llevarte el que quieras, no siendo ese rojillo que es viejo y está sordo como una tapia.

—Pues hoy no porque voy ahora mismo a enterrar, bien enterrados, los lechones. Pero lo mismo mañana y, si no, pasado vengo por el gato y que Dios se lo pague.

—Y a ti te haga hombre de bien, galán.

Ahora me explicaba que llamasen la Bruja a la señora Julia. Al demonio se le ocurre decir en una aldea de ganaderos que el lobo y la culebra eran criaturas de Dios como si el diablo no tuviera las suyas.

Mira por cuánto la Providencia, que en aquel lío me había metido, se ponía ahora enteramente de mi parte proporcionándome media arroba de carne para mañana y la mitad de media arroba para el día siguiente, sin necesidad de robos o escaladas, y aquella tarde, que parecía hecha para las zozobras y malas intenciones, tornábase de luz y de gloria.

La Bruja, tan amante y tierna con los animales, había lavado los lechones hasta dejarlos tan sonrosados como si estuvieran vivos y casi apostaría que los había ungido con algún óleo para el entierro.

No cabría en mí de gozo pensando la cara que pondría el lobo cuando le mostrara su ración tan larga y apetitosa y le dijese que no tendría que preocuparse por la del desotro día, porque tenía resuelto el suministro.

Entré en el corral de casa por la puerta de desahogo y dejé el costalillo con los lechones sobre un jaulón en el sotechado.

(Aunque con la emoción de haber encontrado, sin robar o engañar, la ración de la familia de los lobos para dos días no me había dado cuenta de que tenía un hambre que no veía.)

Padre no estaba y no había recogido los huevos del corral. Sisé uno y lo freí con un par de buenos torreznos.

Fregué la sartén para no dejar huellas del estropicio. El plato quedó tan limpio que no fue menester repasarlo.

Volví al corral para atrancar la trasera y, al pasar frente al sotechado, sorprendo al gato comiéndose los lechones. En realidad estaba comiendo de unos de ellos y ciertamente no había hecho demasiada mella en su cuerpo.

Agarré un mango de azadón que por allí había y me fui al gato con las más perversas intenciones. Él, que me vio, trató de escapar como alma que lleva el diablo. Le gané por la mano y acerté a cerrar la puerta de golpe, cuando sólo había sacado la cabeza y por el cuello quedó pillado entre la hoja y el marco.

El gato entró por sí mismo en un costal y lo encerré dentro del arcón del pienso para que no se oyeran sus protestas si le daba por escandalizar.

10

Si existe animal capaz de emular al perro, con ventaja en cuanto a expresividad de sus sentimientos, no es otro que el lobo. Acaso sea más sobrio que aquél en sus manifestaciones porque el lobo no es servil ni trata de comerciar con ellas.

Los ojos del lobo, aparentemente duros, resultan tan expresivos que huelgan movimientos de cola o retorcimientos de lomo.

Sólo de ver los lechones se le encandilaron los ojos como ascuas al fuelle. También el derecho, que comenzaba a hacerse visible bajo la hinchazón, que se iba reduciendo por sí misma.

No era cuestión de desperdiciar su buena disposición. Me senté a un golpe de tralla de ellos y le dije: «Ahí los tienes. Si quieres peces, te tendrás que mojar el culo. Así que ya puedes ir pensando en entrar en mi campo por ellos.»

Él se aculó en la hierba y yo le dije que, puesto que dejarlos no los iba a dejar, se podía tomar el tiempo que le viniese en gana antes de decidirse.

Se tomó como diez minutos antes de llevarse el primero al monte. Se lo comió, volvió por el segundo y entró a él sin parar.

Seguía sin valerse de la mano derecha, pero se movía ya con relativa soltura.

Yo me sentía muy satisfecho. El animal mejoraba a marchas forzadas y yo tenía resuelta la papeleta del día siguiente sin necesidad de asaltar corrales o cometer otros desmanes.

Para que la dicha fuera completa, madre había vuelto muy repuesta y nos había preparado arroz, patatas y bacalao, con una chispa de pimentón, de cena, y pude matar el hambre con algo caliente y bien guisado después de no sé los días de comistrajos y ayunos.

A madre le faltó tiempo para preguntar por el gato.

—Pues mire, ayer le pisé el rabo sin querer, salió bufando como un basilisco y no lo he vuelto a ver.

Don Ramón, el maestro, había dado por terminadas las clases unos días antes de lo debido porque los chicos hacíamos falta en las casas para recoger la cosecha de hierba y sacar los ganados y yo tenía por delante los cuatro o cinco días que podía aguantar el pasto al ganado, que no serían demasiados, pero parecían suficientes para que el lobo se rehiciera.

Pasé por casa de la señora Julia, la Bruja, para recoger el gato que me había prometido. Mientras la buena mujer, llena de ternura y solicitud, repetía una y otra vez sus recomendaciones sobre el modo de cuidar y educar el gato, asentía yo hipócritamente, atusando el redondeado y prieto lomo del animal pensando que al lobo no podía dejar de agradarle un animal tan lustroso y asainado.

¡A qué punto de crueldad y degradación había descendido yo en aras del noble empeño de salvar la familia del lobo!

¿Podrían valer mis altas y desprendidas miras como justificación de tanta fechoría y crimen como estaba cometiendo?

Seguramente no. Pero no era ya dueño de la situación, sino juguete de ella y me faltaba valor para sentarme a analizar, serenamente, mis propios actos.

—¿Se comen los gatos, señora Julia? —pregunté con una mezcla de candor e imprudencia.

—Si lo que quieres preguntar es si la carne de gato es comestible, la respuesta es sí. Yo no lo haría por razones sentimentales. Pero Julián Babieca lo hace y asegura que no la cambiaría por la de liebre o conejo.

—A usted le gustan muchos los animales, ¿verdad?

—Me gustan porque el más ingrato de ellos lo es menos que la mayoría de las personas.

—Un día que vuelva pronto con las yeguas me paso por aquí para que me los enseñe todos.

—Cuando gustes, galán.

Mis intenciones en el acercamiento a aquella mujer, a la que el pueblo había condenado al aislamiento porque era demasiado buena para ellos, tenían un fondo inconfesable. Menos mal que, en la soledad del pastizal, recapacité sobre ello y llegué a la conclusión de que no era justo que la engañara siendo, como era, la última persona, posiblemente, en quien ella confiaba.

Es más. Llegué a pensar que la señora Julia entendería perfectamente lo que yo estaba haciendo y que, en caso de necesidad, podría ayudarme de alguna manera.

Lo del gato pertenecía ya a la categoría de hechos consumados puesto que había viajado hasta el cubil del lobo en el estómago de éste. No repetiría una acción de este tipo.

No volvería a explotar su credulidad ni a defraudar su confianza en mí.

Cualquier día se lo confesaría todo y le pediría perdón.

Seguro que la señora Julia sabría comprender y perdonar mejor que aquellas personas que le llamaban la Bruja.

11

El lobo se conformó con uno solo de los gatos el primer día y pude así prolongar un día más mi felicidad. Hoy se ha comido el segundo, y, de regreso a casa, sobre la yegua alazana, voy pensando cómo solventaré la dificultad de hacerme, antes del anochecer, con media arroba de carne para la ración de mañana, que debería ser larga puesto que la de estos dos últimos días ha sido más bien justa y solamente la buena disposición y condescendecia del lobo la ha hecho suficiente.

Recorro las calles del pueblo en busca de alguna oportunidad: un gato, una gallina o cualquier otro animal callejero. No tengo suerte. El único gato que descubrí estaba como cosido a los manteos de su dueña.

Asomé sobre el corral de la vecina por ver si el suyo andaba por allí y no lo vi. Vi, en cambio, un hermoso gallo, animal perfectamente inútil y hasta gravoso para su ama puesto que había pasado la época de incubación y hasta que llegase Nochebuena, en que sería sacrificado para celebrarla, habría de comer tres veces su propio valor en cebada y triguillo.

Se podía intentar. Había un paso de aguas de tolerancia entre los dos corrales, tapado a medias por una piedra que se retiraba cuando era preciso. Si descargaba una fuerte tormenta, por ejemplo.

Nuestro patio quedaba más alto que el otro y era, consecuentemente, el beneficiario de la servidumbre, razón por la cual la piedra quedaba de nuestro lado.

Separé el cierre y arrojé un puñado de triguillo de forma que algunos granos se dispersaran por el corral ajeno y el resto formara un reguerillo hasta el paso.

El gallo descubrió inmediatamente aquel maná y, galante y caballeroso, cloqueó llamando la atención de las gallinas de su harén para que compartieran con él el descubrimiento, como hace todo gallo que se precie un adarme.

Señalando a sus esposas cada grano disperso, vino el gallo a parar al punto en que se iniciaba el reguero y, en auténtico alarde de galantería, comenzó a esparcir el triguillo con las patas para que pudieran participar todas por igual.

En esta labor llegó hasta el boquete que comunicaba ambos corrales y, sin decirdirse a traspasar la barrera, adelantaba el cuello para echar hacia atrás el grano, que desparramaba luego con las patas.

Aquello era suficiente.

Tuve que dominar un remusguillo de conciencia porque aquel comportamiento descubría una imagen de gallo algo distinta de la de animal arrogante e inútil que yo me había formado.

Pero no podía parar en contemplaciones ni sensiblerías porque, de hacerlo, no hubiera podido servir a una causa importante como la que servía.

El lobo, indiferente a mis escrúpulos de conciencia, tomó el gallo como con cierta displicencia, perdonándome que, por un día, le llevara menos peso y de carne más floja.

Por la tarde repitió la visita, lo que venía a significar que había recibido el gallo como entrega a cuenta.

Temía que volviera el lobo, porque ya he dicho que sus ojos son libro abierto y, gracias a ello, no me pilló con las manos vacías. Tampoco era gran cosa lo que había logrado reco-

ger: ocho topos, cuatro lirones caretos y un erizo. Y ello, poniendo a contribución todo mi afán a lo largo de todo el día.

Lo aceptó con cierta condescendecia. No sé, en realidad, si aquello poco podía compensarle del penoso viaje con la pata colgando.

12

La tormenta estalló de repente.

Terminaba yo de encerrar las caballerías y entraba en casa cuando la vecina, desde mitad de la calle, decía a madre, que sacudía una alfombra en el balcón:

—Oye, Luisa. ¿No se habrá metido en vuestro corral mi gallo?

—No es que no se haya metido en nuestro corral. Es que yo echo de menos alguna gallina y el gato.

—Pues bueno se va a poner mi Antonio como no aparezca porque es animal que canta las mañanas como un reloj y Antonio se regía por él para levantarse.

—Si te quedas con la cosa, pasa tú misma y lo ves, que la puerta está abierta.

—No, mujer, qué me voy a quedar con la cosa.

Vino la Eufrosina a la charla. La Eufrosina es hurona, enciscona y amiga de enredos y en seguida sacó a colación que a ella le faltaba el conejo padre grandón y que, comoquiera que la tela metálica estaba muy pasada del orín y había amanecido rota, lo achacó a una avería del perro o del raposo. Pero, visto lo visto y oído lo oído, no quedaba pensar sino que un animal de dos patas, y no el raposo, andaba desvalijando el pueblo y que ella no pondría la mano en el fuego por los vecinos nuevos, los extremeños, tan renegrido él y con los ojos azules tan claros y tan melindres ella. La Eufrosina no se fiaba de las mosquitas muertas.

Me escabullí por la puerta para que no me delatasen los colores que me estaban brotando.

Buena se ha puesto la situación, con los pocos días que quedan, para pensar en repetir cazas de gatos o escalamientos de corrales.

Tampoco puedo presentarme ante el lobo con las manos vacías. ¿Cómo reaccionaría?

¿Qué puedo hacer para cubrir el expediente y qué para que las comadres no se amotinen contra los extremeños, que sé, por padre, que son gente honrada a carta cabal y que han venido, por cuenta de un amo, a cuidar un rebaño de cabras?

Desde la ventana de mi cuarto, con los cuarterones entornados, sigo la palabrería exaltada de las mujeres y me percato de las barrabasadas y locuras que he cometido y los riesgos a que me he expuesto.

¿Qué harían conmigo padre y madre si me supieran autor de todas aquellas tropelías, y de algunas otras, y de que lo había hecho para ayudar al lobo a sacar adelante una camada de lobeznos?

Me echo sobre la cama para recapacitar y el diablo me ayuda.

¿Hay realmente motivos para que las mujeres organicen semejante alboroto?

Eufrosina no vivirá mejor ni peor porque se haya quedado sin el viejo conejo padre. Tampoco la vecina ha perdido tanto. Con que guarde un pollo de los que tiene tomateros para Nochebuena, asunto resuelto. Nosotros no vamos a ser más ricos ni más pobres porque falte una gallina en el corral o un gato en la cocina.

Pero las gentes son así de ruines y capaces son de asaltar la casa de los extremeños o de arruinar sus vidas, señalándolos

Puebla

como ladrones, por algo que, bien pensado, ni les va ni les viene a ninguno.

Estas consideraciones me animan en mis propósitos. No quiero ser egoísta y mezquino como ellos. Si viera que las cosas se ponen graves para los extremeños, saldré a decir la verdad y aceptaré las consecuencias. Porque no puedo consentir que paguen justos por pecadores. Y menos si soy yo el pecador.

Mientras tanto, hay que pensar en el día de mañana y hacer algo, hoy, antes de que anochezca, ¿pero qué?

Salgo de nuevo a la calle, por el corral, y doy una vuelta por las traseras.

Veo revolotear algunas palomas sobre la ermita. No lograré mucho allí, pero menos es nada. El caso es no llegar a la cita con las manos enteramente vacías. Si puedo darle algo a primera hora para que se entretenga, a lo largo del día se le podrá añadir otro poco.

La ermita, en las afueras, junto a la fuente, rodeada de olmos y sauces que velan a medias la vista desde la aldea, se ofrece como un campo de operaciones no excesivamente peligroso.

Se puede trepar por la olma grande y dejarse caer sobre el tejadillo del pórtico. Una breve carrera sobre el tejado para doblar la cumbre y ganar la buharda es lo único verdaderamente comprometido de la operación.

Respiro profundamente cuando cierro, desde dentro, la desvencijada portezuela. En la oscuridad se escucha el sibilante azuzar de muchas alas.

Hay que dar tiempo a que las pupilas se acomoden a la oscuridad, que no es tan densa como en principio parecía, y a que las palomas terminen de cansarse en sus vanos intentos de encontrar salida.

Cobro seis palomas y cuatro pichones. Mucho bulto y poco peso. Se las daré al lobo de una en una, estirándoselas mucho para cubrir las apariencias, porque engañarle, lo que se dice engañarle, no le voy a engañar. Demasiado bien sabe él la capacidad de su estómago.

Espero a que anochezca para saltar del tejado al suelo. Prefiero partirme una pierna a que me descubran.

Padre y madre han sacado la cara por los extemeños en la discusión y han debido tener algunas palabras con los del pueblo. Están serios y no me preguntan dónde he andado desde que guardé el ganado. Tanto mejor.

Cuando me levanto, madre ha madrugado y desayuno sopas de ajo calientes.

—Mire a ver, madre, si me puede dar algo más de merienda —le digo— porque con la caminata de ida y vuelta y todo el día corriendo tras de este dichoso ganado, vuelvo desfallecido.

—Sí, hijo —replica ella, atusándome la cabeza con ternura.

Me añade una rebanada más de pan y una tajadilla de cerdo que saca de entre la manteca de la orza.

13

—No puedes hacerte idea del lío en que me estás metiendo —le digo al lobo—. Ya dice madre que por la caridad entra la peste. No hago más que robar y matar animales inocentes por tu culpa y tú me lo agradeces así: con egoísmos y desconfianzas. ¿Sabes lo que pienso? Que cuántos quebraderos de cabeza y angustias no me hubiera ahorrado si, el primer día, te pongo en la gallina unos polvos de estricnina y reventais tú y toda tu cochina camada. Ahora me encuentro metido hasta los hígados en un callejón sin salida. Tú y tus dichosas crías por un lado y los vecinos por otro. ¡Si, al menos, tuviese la compensación de ver en ti una señal de agradecimiento, aunque fuera mínima! Pero no; tú te llevas la comida como quien cobra un censo al que tiene derecho y exiges más y más sin pararte a considerar lo que a mí me cuesta en fatigas y sobresaltos. Es verdad que también a ti te cuesta fatigas y sufrimientos llevárselo a los tuyos. Pero esa es tu obligación y no la mía. Además, cuando llegas al cubil, los lobeznos te lametean el hocico y las heridas y la loba también. En cambio a mí, que estoy haciendo lo que estoy haciendo, no me consentirás nunca ni aproximarme a ti. ¿Te das cuenta de lo que ocurriría mañana si, en lugar de darte comida te diera dos trallazos y te abandonara a tu suerte con esa pata pocha y las costillas quebradas? ¿Qué podrías cazar? ¿Grillos y saltamontes? Y no digamos si le cuento a padre dónde puede darse el gustazo de pegarle un tiro a un ladrón de potros y cobrar una buena recompensa. Esa recompensa que dan por matar alimañas como tú. Pero puedes estar tranquilo que no lo haré. Es decir: voy a hacer más, voy a quedarme sin comer para que, cuando vuelvas a la tarde con ojos mendicantes y te plantes a cinco pasos de mí, ni uno menos, te pueda dar algo que valga la pena. ¿Por qué no pruebas a darte una panzada de trébol como las yeguas? También yo como lechugas y tomates y ojalá pudiera pillarlos todos los días. Otra cosa: ¿Por qué no crías los hijos, como los buhos, poco a poco, uno en enero, otro en febrero, y no todos de golpe, con lo que tragan?

El lobo se ha ido comiendo las palomas mientras le hablaba.

—Ya sé que no es mucho. Pero no hay más. Y da gracias al cielo si mañana puedo traerte otro tanto, que no respondo de que pueda hacerlo.

Cuando el lobo se iba, llevaba las yeguas a la parte alta de la pradera, moviéndolas despacio para que no se inquietasen si el viento les traía efluvios de la fiera. Por la tarde, las volvía a llevar a la zona baja para poner distancia entre ellas y el lobo, cuando éste regresaba.

De este modo se iba apurando por igual cada retazo de prado. De todos modos, la hierba estaba muy rapada y había que pensar en darle unos días de descanso para que se recuperara, llevando el ganado mientras tanto a los prados del otro lado de la aldea.

Tenía que advertirle a padre este particular, pero, por otro lado, quería ver antes si, en los tres o cuatro días que podía aguantar el pasto a los animales, el lobo terminaba de recuperarse. Tres o cuatro días no parecían suficientes para que sanase la pata lastimada aunque, por increíble que pareciera, comenzara a apoyarla.

¿Qué ocurrirá el día que el lobo acuda a la cita y no me encuentre? ¿Terminarán resultando estériles todos mis pecaminosos esfuerzos para sacarlo a flote?

A veces pienso que lo que estoy haciendo es algo más propio de quien no se encuentra en sus cabales.

Siento viva la llama de la responsabilidad y esto me anima cada vez que vacilo. Pero parece que el hombre está condenado a la propia inseguridad y a examinar constantemente sus convicciones, que un día le parecerán buenas y otras no tanto.

14

Hay que pensar en el modo de resolver la pepeleta de mañana y me da miedo afrontarlo.

Estoy acorralado y sin recursos de ley a mano. Tendré que volver a robar, esta vez a gentes avisadas que no desean nada tanto en el mundo como atrapar al ladrón.

En estas cavilaciones me llega la hora del regreso y el lobo no ha repetido su visita, como esperaba, para llevarse mi comida.

Tengo hambre, pero no tanta que no pueda aguantarme hasta la hora de la cena. Reservo mi comida para mañana. Si todo se pusiera mal, dos comidas mías y algo que pille por ahí pueden completar una comida del lobo.

Cuando el lobo se haya comido unas cuantas comidas mías, a las que yo haya renunciado, toda mi labor tendrá otro sentido. Porque no está bien hacer el quijote trasladando a un tercero las consecuencias. Lo verdaderamente noble no es remediar el mal de Pedro a costa de Juan sino a la propia costa de quien se mete a redentor sin que nadie le llame.

Vago por la aldea por si se presenta alguna posibilidad. Las gentes están sobre aviso y atrancan puertas y traseras y tapan los huecos de los corrales.

Se me ocurre robar un cabrito a los extremeños, cosa que sería tanto como hacerles un gran favor ya que los exculparían de los otros robos y ya no intentarían echarles encima la guardia civil, como parece que pretenden algunos vecinos.

Me doy una vuelta por allí. Cierran el redil a cal y canto y dejan dos mastines, uno aculebrado y otro negro, que imponen con solo verlos de lejos.

Me acerco a casa de la Bruja. Trabo conversación con ella, pero me falta corazón para engañarle y sacarle, a traición, alguno de sus animales. Luego me alegro que sea así. No es bueno perder por completo los escrúpulos de conciencia.

En los charcos que se forman junto a la fuente atrapo cinco ranas. No pesan nada. Tendría que capturar medio centenar para componer una ración adecuada para la familia del lobo.

Es descorazonador lo difícil que resulta reunir tanta comida como necesita.

En el tejado de una caseta de las eras encuentro un nido con cinco estorninos volanderos. Estamos en las mismas.

Me hago, asimismo, con un lagarto y una rata de agua, ésta un poco más lucida.

Ciertamente, la vida de una camada de lobos cuesta muchos cientos de vidas. ¿Qué dan los lobos a cambio?

Acaso tengan razón las personas que piensan que sería mejor exterminarlos y yo me haya dejado llevar por una simple sensiblería.

De todas maneras, quedan dos días de compromiso y voy a procurar cumplir con él.

Si los lobos no pintasen absolutamente nada, creo yo que no existirían. No lo sé.

Destruyen otros muchos animales dañinos como ratas, comadrejas, nutrias, turones, zorros, serpientes...

También la vida de una persona cuesta cientos de vidas de animales. Esto es muy complicado.

Se me ocurre montar un cepo grande, con uno de los estorninos de cebo, por ver si, durante la noche o a la madrugada,

cae un raposo, un turón o alguno de esos animales que merodean por la oscuridad.

Voy a casa por el cepo y lo coloco a bastante distancia, cerca de la orilla del río en un punto por el que tendré que pasar mañana, con el ganado, camino del pastizal.

Por la mañana encuentro atrapado un enorme milano que ha madrugado sin suerte. Tiene más envergadura que yo y una larga cola ahorquillada. Pero, cuando lo desprendo, sufro una tremenda desilusión: es todo pluma. El cuerpo pesará poco más de medio kilo.

De todas las maneras, son muchos pocos y he hecho cuanto he podido.

El lobo parece apreciarlo así cuando contempla todo el botín desplegado sobre la hierba y se da buena prisa a engullir, primero, los bichos menudos y, después, mi comida de ayer. Por último, arrastra el milano hasta el monte para devorarlo en la espesura.

Me he reservado la comida de hoy por si hubiera suerte y pudiera coger algo más con los cepos. Además del grande, he traído otros dos pequeños, para pájaros. Uno lo cebo con lombriz y otro con pan.

En la ballesta cebada con lombriz pillé dos mirlos en un santiamén. De modo que cebé el otro también con lombriz y los fui moviendo a lo largo de toda la pradera. Cayeron otros dos mirlos, un zorzal y un petirrojo diminuto. Por la tarde, atrapé dos mirlos más. ¿De dónde salía tanto mirlo?

Sin embargo, el cepo grande no ha rendido nada. Resultó imposible disimularlo en el suelo empradizado y lo monté en una senda del monte, bien enterrado, sujeto con su cadena, al tronco de un roble para que no me lo llevara algún animal grande que acertara a saltarlo de un pisotón.

Vino el lobo a última hora de la tarde y le di la caza de todo el día.

—Pasado mañana nos despediremos para siempre —le dije—. Parece que estás mucho mejor. En pocos días no necesitarás que nadie te traiga la comida porque podrás buscarla por ti mismo. Tampoco se va a hundir el mundo porque paséis tú y los tuyos cuatro o cinco días a saltamontes y caracoles. Lo peor del caso es que en estos momentos no sé si he hecho bien o mal en ayudarte. Tampoco es que me arrepienta de haberlo hecho. Pero preferiría tener las ideas más claras. Lo que sí espero es que no vuelva a ocurrírsete acercarte a los potros. Aunque nada más sea porque ya sabes cómo se las gasta la yegua pía. En fin, esto se acaba y no lo siento. Primero porque constituye un martirio pensar que tienes que hacerte con media arroba de carne cada día. No sé exactamente lo que podrá costarte esto a ti, aunque algo me imagino por lo que llevo visto. Además, eres un antipático. Todavía te llevas al monte lo que no puedes tragar de un bocado. ¿Por qué demonios sientes pudor de comer delante de mí si no lo sientes para pedir el alimento?

15

El último día tendré que comparecer ante el lobo sin otra cosa que mi propia comida. Hoy será el último día que suba a las praderas altas del río con las caballerías.

Ayer, todavía, pude subirle dos gallinas. Había muerto el padre de Petra. Lucio, ella y los chicos se fueron a Villasés al entierro y a hacerse cargo de la herencia que, según oí comentar, es importante porque el muerto tenía bastante hacienda en Villasés, y Petra es hija única.

No me había enterado del suceso ni de que estaban fuera hasta antes de ayer, cuando volví con el ganado. Me faltó tiempo para aprovechar la oportunidad de llevarme un par de gallinas.

Cuando regresé ayer, el pueblo ardía en alborotos.

Había vuelto Petra para atender el ganado, pues es mujer tan desconfiada que ni siquiera en semejante ocasión deja la llave a una vecina para que entre a poner agua y pienso a los animales del corral.

Debió tardar menos de un minuto en descubrir la falta de las dos gallinas entre cerca de cuarenta que tiene.

Como, cuanto más rica, más miserable es la gente, por dos gallinas de nada escandalizó todo el pueblo con gritos, aspa-

vientos y amenazas, sin el menor respeto por el luto fresco que llevaba.

Tuve que andar huido, nervioso y preocupado por lo que pudiera pasarles, esta vez más aún por mi culpa, a los extremeños, pues la Eufrosina se encargó de encandilar contra ellos el fuego que encendía la Petra con sus gritos.

Tal fue el clamor que los propios extremeños no pudieron por menos de enterarse y eso que viven en las afueras, un poco separados del casco.

Menos mal que él es hombre taciturno, pero bien templado, y se presentó por su pie a dar la cara delante de las mujeres, justo en el momento que más gritaban. Les dijo:

—Señoras: tengo media docena de gallinas y dos conejas. Y leche de las cabras a discrección. Además cobro un jornal. Para mi mujer y para mí, a Dios gracias, más que de sobra porque no derrochamos. Ni siquiera cuando he pasado hambre, que la he pasado, he cogido un tamo de nada que no fuera mío. Menos, sobrándome como, por fortuna, me sobra. Si quieren comprobar lo que sea, ahora mismo las abro mi casa y las tenadas y lo registran todo de arriba abajo a ver si encuentran una pluma u otra señal de los animales que les faltan. Y si tampoco tienen testimonio de persona a la que hayamos vendido lo robado, respétennos y déjennos vivir en paz como nosotros les respetamos a ustedes. Que bastante desgracia habemos con tener que venir a ganarnos el pan tan lejos de nuestra casa. Queden con Dios.

El discurso, pronunciado con voz serena, pausada y grave, impresionó favorablemente a todos excepto a Petra que se puso a punto de un ataque de nervios y a Eufrosina que se escabulló tan pronto como el extremeño comenzó a hablar, aunque, naturalmente, no fue tan lejos que no pudiera enterarse de lo que decía.

A padre y a Tomás debió conmoverles profundamente puesto que acompañaron al hombre hasta su casa.

También a mí me conmovió y prometí, definitivamente,

que aquélla sería la última que hiciera en favor del lobo. Y lo será.

Así que hoy tendrá que conformarse con mi pan, mi tocino y lo poco que pueda encontrar a lo largo del día, que será ciertamente poco puesto que no queda topera por hurgar, nido por remirar ni zarza bajo la que no haya tenido ballesta cebada.

El lobo se extraña mucho de que le haga una ofrenda tan miserable y, por un momento, me preocupa si se conformará con ella y se marchará o me creará algún problema. Porque ya no es aquella criatura desvalida de los primeros días, sino una fiera muy próxima a la plenitud de sus facultades, aunque todavía cojee ostensiblemente.

Repaso las ballestas que dejé montadas y las encuentro saltadas, pero vacías. Algún animal, acaso el propio lobo, se ha llevado los pájaros madrugadores que han caído en ellas puesto que hay señales de desplume.

Volví atrás y subí por el sendero en el que dejé montado el cepo desde hace cuarenta y ocho horas. A dos metros de él todavía no advierto señal alguna de que haya saltado.

Sin embargo, ha hecho presa. Hay un zorro brutalmente atrapado por una mano, desgarrada y casi por completo arrancada, aovillado junto al tronco del roble, alrededor del cual se había enredado la cadena de sujeción del cepo, hasta inmovilizar al pobre animal, exhausto y embadurnado de sangre enlodada.

La escena me sacudió en vivo las entrañas y me movió a compasión de tal manera que, instantáneamente, decidí liberar al raposo aunque al lobo le tocase semiayunar el día de nuestra despedida.

Lo intenté. Avancé decidido hacia aquella vedija maltrecha que me miraba con ojos de resignada agonía tras toda una noche de interminable calvario. Cuando, sin ninguna preocupación ni cuidado, me inclinaba dispuesto a abrir las mandíbulas dentadas del cepo para que el zorro huyera, si le quedaban bríos para ello, aquella criatura, aparentemente falta de alientos y apagada de vida, se disparó hacia mí en el más salvaje estallido de odio y ferocidad que pueda imaginarse y, merced a que la cadena no daba de sí para permitírselo, no me destrozó la cara de una dentellada como me destrozó muslo y rodilla y cómo me hubiera ensangrentado la otra pierna si no salto atrás tan pronto como pude recuperarme de la sorpresa que me dejó, inicialmente, paralizado.

No bien había caído de espaldas y me disponía a incorporarme para salir corriendo, porque pensaba que el raposo había partido la cadena en un segundo desesperado tirón, me tropecé con el lobo que, sin yo saberlo, me había seguido de lejos y llegaba ciego, atraído por los alaridos del raposo.

Lo que ocurrió a continuación fue algo sencillamente indescriptible. Lobo y zorro se abalanzaron uno contra otro en la medida que permitían sus respectivas limitaciones y, confundidos en un espantoso ovillo de cuerpos, sangres, rugidos, dentelladas, jadeos y estertores, lucharon a vida o muerte hasta teñir de sangre el tronco del roble y las piedras que lo circundaban.

Por fin, los terribles colmillos del lobo encontraron la yugular del zorro y la cabeza de éste comenzó a bambolear, inerte, a impulsos de las sacudidas con que el lobo, ciego de ferocidad, quería asegurar su triunfo más allá de cualquiera eventualidad.

No podía soportar el espectáculo. Pero, además, tenía miedo del lobo, una vez que se había colocado en el disparadero de la muerte.

Salí corriendo prometiéndome que ningún trato volvería a tener con aquel animal cuya ferocidad y sed de sangre habían quedado tan de manifiesto.

Providencial me parecía no tener que volver al día siguiente por aquellos pagos.

16

No repitió visita el lobo aquella tarde. ¿Para qué iba a hacerlo? —ni me atreví a acercarme a retirar el cepo por miedo a encontrármelo, de guardia, junto a los restos del raposo.

Al día siguiente saqué las yeguas a las praderas bajas, más acá de la aldea, donde se trilla lo no mucho que en el término se siembra. Era aquel lugar demasiado abierto y con accesos demasiado limpios para que le tentara al lobo bajar hasta él, aunque localizarlo, yo lo sabía, no le costaría maldito el esfuerzo ahora que comenzaba a caminar sobre las cuatro patas.

Por nada del mundo quería yo volver a las andadas y pedía al cielo que el lobo tuviera suerte en estos primeros días de caza para que me olvidara por completo, reanudase su vida normal y me permitiera hacer otro tanto.

Y parecía que así debía haber ocurrido porque durante ocho días saqué el ganado a las eras en absoluta paz y cada uno que pasaba sin que se presentase el lobo, se afianzaba mi creencia de que la aventura del lobo, para bien o para mal, había terminado, y que el sosiego, un poco monótono y aburrido, pero muy de agradecer, de aquellos días volvería a ser la tónica de mi vida.

Me iba al campo con el libro de problemas de regla de tres

y de conversión de magnitudes del sistema métrico y me pasaba los días calculando cuántas jornadas de maestro albañil serían precisas para levantar una pared de tanto por cuanto, teniendo en cuenta que cada ladrillo cubría tantos centímetros cuadrados y el maestro los colocaba a razón de tantos por hora o determinando el número de centímetros cuadrados que medía un campo de tal figura y tales dimensiones, cosa que, aunque parezca mentira, me resultaba sedante.

Todo fue bien hasta el segundo domingo. Cuando salíamos de misa, llegaba Martinillo, roto y desencajado (y probablemente sucio) de tanto correr y de tanto miedo, gritando que el lobo había entrado a saco en el rebaño y sabía Dios el estrago que habría causado porque él no había esperado a comprobarlo.

Sin cambiarse la ropa de fiesta, los hombres cogieron quién la escopeta quién la cachaba y, a pie o a caballo, corrieron presurosos al lugar de la hecatombe.

Por mucha prisa que quisieron darse, llegaron a tiempo solamente de reunir las ovejas dispersas y aterradas y comprobar el daño, que no era insignificante, pero tampoco tan grave como hacía presumir la descripción de Martinillo: una lechaza desaparecida y dos corderas y una borra degolladas.

Aun cuando, con la impaciencia, los hombres no se habían parado a coger alguna comida, anduvieron todo el día batiendo el monte y no regresaron, hambrientos y desalentados, hasta bien entrada la noche.

Tan pronto habían llegado los primeros al lugar de los sucesos, el perro de Eutimio había cogido un rastro caliente. Salió disparado y todos los escopeteros tras él. Resultó luego que se trataba de un rastro de liebre, que se había cebado en las ovejas muertas pues las liebres no desdeñan la carne si la encuentran a mano y más de una vez se las encuentra cerca de una caballería muerta, abandonada en el campo, de la que están dando buena cuenta grajos y buitres.

Con esto y con las subsiguientes discusiones sobre el modo más idóneo de organizar la batida, se perdió un tiempo precioso que el lobo aprovechó para poner tierra por medio, pero, sobre todo, para llevar a los cazadores tan lejos de la lobera donde tenía sus crías que, al día siguiente, se estuvo tratando de localizar ésta por los breñales de Malpica, a casi dos leguas de Pico Negro, donde realmente estaba como yo sabía muy bien.

Casi al crepúsculo del lunes, a medida que regresaban los batidores desperdigados, se fueron reuniendo en la plaza para cambiar impresiones y trazar planes para el día siguiente.

Porfiaba Eutimio que el lobo había criado siempre en los socavados de Malpica y que hacia Malpica habían seguido su rastro los perros a raíz del asalto al rebaño.

Tomás era partidario de buscar en Pico Negro. Si el lobo, después de todo el barullo que se organizó, tiró hacia Malpica, Malpica sería el último lugar del mundo donde habría que ir en busca de su guarida, puesto que si el lobo fuera tan estúpido como para conducir a sus rastreadores hacia su cubil, no quedarían lobos.

Eutimio y Tomás son los cazadores más significados de la aldea y mantienen una sorda rivalidad. Decía Eutimio:

—¿Quién te garantiza a ti que tiene crías, siquiera?

Y Tomás replicaba:

—A estas alturas del año, un lobo que no alimenta crías se mantiene de topos, lagartos y otros animalillos menores y no le entra a un rebaño a plena luz del sol.

—Monsergas. Si un lobo va de paseo y ve un rebaño guardado por un criuco que no levanta tres palmos, se va a él de cabeza. Si el lobo en cuestión tuviera crías, llevaría ya una temporada haciendo fechorías. Y, que se sepa, ésta es la primera.

—No será la última. Y, si no, al tiempo.

Después de largas discusiones, se acordó batir el martes Malpica y Pico Negro el miércoles, si fuera necesario. Pero una y otra batida se realizarían de consuno por todos los ojeadores y tiradores del pueblo.

Tentado estuve cuarenta veces de intervenir en la discusión y contar todo lo que sobre el lobo sabía. Cada vez que iba a hacerlo, sin embargo, se me cortaba el habla. Y no porque me asustara lo que pudiera ocurrirme al enterarse de lo que yo había hecho, que estaba determinado a aceptarlo, sino porque terminaba pareciéndome una canallada delatar al lobo.

Si yo había tomado partido por él creyendo que con ello cumplía un deber de conciencia, no tenía derecho a venderlo porque hubiera cargado contra el zorro o contra las ovejas ni a hacerme de nuevas porque lo hiciera pues ya tenía que haberme planteado yo lo que haría, al reponerse, gracias a mis auxilios.

Por otro lado, la honda y justa preocupación de los hombres humildes viendo peligrar sus medios de vida amenazados por la fiera, merecía todo el respeto.

Hecho un mar de dudas, durante el largo insomnio de aquella noche, traté de poner en orden y a punto mis ideas y de tomar una determinación consecuente con ellas.

No perdí demasiado tiempo en llegar a la conclusión de que habría obrado correctamente, se mirase como se mirase, guardando silencio en la plaza.

En el caso de que hubiera cambiado tan radicalmente de parecer como para estimar ahora que el lobo debía morir, había fórmulas más discretas, e incluso más eficaces, para eliminar al animal que la confesión en la plaza pública.

Por ejemplo, podía llamar aparte a Tomás, ponerle al corriente de lo que me había ocurrido con el lobo en los prados altos del río e invitarle a que me acompañase, armado, con el ganado.

Con toda seguridad y pese al tiempo transcurrido, el lobo acudiría confiado en busca de un alimento que obtendría sin el menor esfuerzo ni exposición.

Tomás es hombre serio y confiable. Sin duda ninguna, guardaría el secreto de cuanto le dijera.

Pero yo no estaba enteramente convencido de que mi deber fuera delatar al lobo o prepararle una emboscada para que lo mataran los hombres.

¿Qué era lo que realmente había cambiado para que mi sentido del deber, que me aconsejó ayer auxiliar al animal a toda costa, me aconsejara ahora entregarlo como un judas?

El lobo continuaba siendo la misma criatura que cumplía fielmente los mandatos de la ley natural a costa de más sacrificios y riesgos que satisfacciones.

Era yo quien había cambiado. Un día me impresionaba el espíritu de sacrificio del lobo padre y al siguiente su ferocidad o la desazón de los hombres. Según la impresión del último momento fuera favorable o adversa, me sentía forzado a defender o a acusar al animal.

Esto no era serio y ponía en evidencia una absoluta inmadurez puesto que mis razones cambiaban de cara, como un papel en el suelo, con el menor soplo de aire.

Tampoco las razones de los hombres se me hacían limpias del todo.

No podía decirse, en justicia, que cuanto hacía el lobo fuera malo. Prescindiendo ya de su disposición a sacrificarse por sus crías, que acaso los hombres no quisieran valorar, el lobo destruía raposos, turones, gatos monteses, topos, comadrejas, ratas, ratones, garduñas, nutrias y otros muchos animales dañinos y alimañas. De no mediar el lobo, estos animales se multiplicarían de forma que infestarían el campo y causarían daños graves en los corrales, en la caza y en los cultivos.

El lobo, ciertamente, mataba ovejas. ¿Ocho, diez, doce al año?

Podría no ser fácil valorar serenamente si el daño que causaba el lobo resultaba o no parejo con el beneficio que prestaba porque el daño resultaba escandaloso en todos los órdenes mientras que el beneficio no se apreciaba de inmediato.

Tampoco los hombres morirían de hambre porque la fiera matase media docena de ovejas. Incluso podían evitarlo o evitar que fueran tantas con sólo hacer que acompañaran al rebaño un par de buenos mastines con carlancas de púas. El extremeño, que los llevaba, no había tenido problemas de ninguna clase a causa de los lobos.

Los hombres dramatizaban los estragos del lobo como Petra escandalizaba porque le hubieran desaparecido dos gallinas que nada le significaban.

Por último, ¿condenaría a muerte algún juez a un hombre que hubiera robado una docena de ovejas para dar de comer a sus hijos?

Por estos caminos llegué a la conclusión de que podía dar por bueno lo que hasta entonces había hecho y de que la conducta más consecuente para el futuro sería no ayudar a los hombres a que matasen el lobo, pero tampoco estorbarles si pretendían hacerlo.

Llegar a esta conclusión y dormirme fue todo uno.

17

El martes que batían Malpica, saqué las yeguas a los prados de las eras. Con cierta preocupación porque no se había soltado otro ganado que el que yo guardaba y, al encontrarse todos los hombres y chicos y no pocas mujeres, con los perros, en Malpica y la aldea sin otros ruidos que validos de ovejas y mugidos de vaca, el lobo podía sentirse tentado a descolgarse por estos pagos.

Y no iba descaminado con mis barruntos. A las tres de la tarde y a pleno sol, cuando para mantenerme despierto trataba de resolver el más enrevesado de los problemas del libro, cruzó el lobo los campos de siembra como Pedro por su casa y se me vino en derechura.

Cerraron de mala manera el cerco las yeguas, como venían haciendo últimamente cada vez que veían u olían al lobo y no se producían ataques, y yo salí, tralla en mano, a cortarle el paso hasta adivinar sus intenciones. Él se me quedó mirando muy fijamente como si le costara trabajo reconocerme.

—Como se te ocurra mirar que sea a los potrillos, ten por seguro que mañana te meto los cazadores en el cubil y no queda rastro de tu maldita familia —le amenacé.

Se aculó él en el césped como dando a entender que venía en son de paz y dispuesto a aceptar una solución razonable.

Tiré de él para separarlo de la tentación del ganado y me siguió como a diez pasos de distancia por espacio de unos trescientos metros. Al llegar a la orilla del riachuelo, por la puentecilla, se sentó sin que nada le dijera y esperó pacientemente a que regresara.

Comoquiera que Petra se había vuelto a marchar a Villasés y en el pueblo no bullía alma, salté la tapia de su corral y me llevé una gallina.

—Ten y no vuelvas por aquí en los días de tu vida, que ya para nada me necesitas —le dije.

Él tomó la gallina, pero no se iba.

—Tienes que irte a toda prisa, que me comprometes —insistí.

Todo lo que hizo fue sentarse. Pensé que la mejor manera de forzarle era acercarme a él y hacer mención de tocarle con la mano. Así lo hice y el lobo no se movió. Y di un paso más y otro y otro, y él siguió inmóvil con la gallina entre las mandíbulas y las posaderas en el suelo. Extendí la mano hacia él y se mantuvo quieto. Le acaricié la áspera cabeza. Él la humilló un poco, cerró los ojos y me dejó hacer.

Al contacto del animal me ocurrió algo que no sabría bien explicar. El hecho es que la última cosa en que podía y quería pensar yo en aquel momento sería en la desagradable escena de la lucha con el zorro, de tan enervante recuerdo. Pues bien, sin proponérmelo, sin terminar de entender cómo se producía el fenómeno, casi como una alucinación, vi reproducirse con tanta precisión y claridad y con tal lujo de detalles toda la escena como si estuviera presenciando la proyección de una película que la hubiera recogido en vivo.

El animal piensa. No en palabras, como el hombre, sino en imágenes. Yo estaba viendo el pensamiento del lobo mediante un fenómeno de telepatía de los que he vivido otros muchos, relacionados con personas, a lo largo de los años, pues parece que hay seres mejor dispuestos para protagonizar hechos de este tipo, que nada tienen que ver con brujerías, ocultismos u otras hechicerías.

Esta visión me hizo comprender algo que hasta entonces no se me había ocurrido plantear ni por lo más remoto. El lobo atacó al zorro de la manera que lo hizo porque el zorro me había atacado y herido a mí.

El lobo no había ido al raposo con la avidez del cazador que toma una presa sino con la desbordada ira de la fiera que ve atacar y herir a una de sus crías.

Le dije:

—Está bien. He captado perfectamente tu mensaje y daría cualquier cosa porque tú pudieras entender el mío. Mañana caerán como buitres sobre Pico Negro todos los habitantes y perros de la aldea y destruirán tu familia. Poco podré hacer yo para evitarlo, pero estaré allí por si me fuera dado hacer algo. Ahora debes irte. Si nos vieran en amigable plática, caerían sobre mí con la misma saña. Esperemos a ver qué nos depara el día de mañana porque buena gana de hacer planes antes de ver cómo se resuelve la cacería.

Salí corriendo en dirección al ganado y él en la contraria, dibujando un rodeo para evitar el casco de la aldea por más que estuviera tan silenciosa y muerta como un camposanto, con el sesteo del ganado.

Otra vez, muy probablemente la última, mis ideas y sentimientos habían pendulado hasta la última cota del polo opuesto. Digo que probablemente sería la última porque con todo y ser debido el cambio a un ramalazo de emoción, el más fuerte y estremecedor de todos, había llegado a la completa convicción de que el lobo era un animal capaz de una delicadeza de sentimientos prohibida a la mayoría de las personas que yo conocía.

Un lobo amigo sería, siempre, un amigo. No en el sentido blandengue y servil en que lo son la mayoría de los perros, animales pobres de espíritu que comercian con su sumisión, sino en el sentido más alto y noble de la palabra.

El lobo es un animal con el que se podría pactar porque

cumpliría su parte en el pacto, dando con generosidad y sin excederse en las exigencias.

Ante un gesto de acercamiento, no mediría tanto la cantidad de lo que le dieras como la intención con que se lo ofrecías. De la misma manera que lo hizo, el lobo se hubiera ido sin mirar a los potrillos si en lugar de darle una gallina le hubiera ofrecido una loncha de tocino de mi merienda, y estoy por apostar que, si en lugar de Martinillo hubiera sido yo quien cuidara las ovejas, el lobo se hubiera guardado muy mucho de entrar a saco el rebaño con sólo que en mis alforjas quedaran cuatro migajas.

Sin embargo, el mundo estaba hecho de manera que hombres y lobos no pudieran entenderse sino en el odio mutuo. Pero de esto no tenía el lobo la culpa, sino los hombres que le habían condenado sin escucharle y que ni siquiera eran capaces de entenderse bien entre ellos mismos.

Me hubiera ofrecido a realizar una labor de mediación comenzando por proclamar lo que del lobo sabía y convenciendo a todos, uno por uno, de que si el lobo llegaba a ver que los hombres le tendían una mano en épocas de grandes necesidades, como la de cría o en lo más crudo del invierno, respetaría los animales domesticados como respeta sus propias crías.

Aunque esto a nada conduciría. Los hombres parecen sentir la necesidad imperiosa de odiar y no querrían prescindir de un enemigo que les brinda fáciles ocasiones y que, por añadidura, no podía replicar como replicaban los extremeños.

Le dije a padre que el lobo había venido por los potros hasta las eras y que, porque las yeguas se cerraron bien o porque el lobo parecía llevar la andorga llena y no puso mayor empeño, la cosa no había pasado del susto, pero que me negaba a llevar el ganado a las eras mientras gentes y perros de la aldea anduvieran por el monte y no tuviera a quien acudir en demanda de auxilio si fuera necesario.

Padre dijo que bien. Que madrugara, pusiera unos brazados

de heno a las yeguas y acompañara a los ojeadores a Pico Negro.

Él pensaba que, mientras la yegua pía pudiera con el pellejo, más fácil era que el lobo se llevara las costillas rotas que un potro, pero que tampoco resultaba prudente tentar la suerte.

Me dijo que habían estado batiendo Malpica palmo a palmo y no habían encontrado el menor rastro del lobo ni de su cubil y que, como siempre, iba a tener razón Tomás al asegurar que las crías aparecerían en los breñales de Pico Negro.

18

Eutimio alardea de ser el mejor cazador de la comarca. Lo ha repetido tantas veces que él mismo ha llegado a convencerse. En realidad no es sino un furtivo carnicero, que no respeta veda ni vedado y lleva la escopeta con él vaya donde vaya, plegada bajo la zamarra o escondida bajo el heno, en el fondo de la carreta.

No tira sino a liebres encamadas o perdices a peón. Si el perro muestra se coloca a su lado lo sujeta por el collar hasta que descubre la pieza agazapada y la asesina a dos metros de distancia. No cobra más que pingajos: liebres partidas por la mitad o perdices a las que les falta el cuello o todo un costado, pues, a la distancia que tira, comen más carne los perdigones que la que dejan.

Cuenta él, con fatuo orgullo, que en cierta ocasión mató un jabalí de nueve arrobas con cartuchos cargados de mostacilla. Sorprendió al animal en el encame y le disparó a la cara para cegarlo. No sólo ciego, sino también con la sesera al aire, bajó el jabalí dando tumbos por una ladera hasta parar en el río. Allá se fue Eutimio y acabó con el animal, que bien acabado estaba, de un segundo cartuchazo, aplicándole la escopeta al pabellón de la oreja.

Tomás y Eutimio, como de costumbre, se enzarzan en una discusión sobre los puntos más adecuados para establecer los aguardos y sobre el orden en que debe ser ojeada cada mancha de monte.

Alfonso tercia que eso de las batidas y de las escopetas es una tecla y que lo más práctico, descansado y seguro es colocar unos cebos con estricnina.

—Está bien —concluye el alcalde—. Somos docena y media de gente con opinión y docena y media de opiniones dispares. Haga cada cual lo que bien le parezca y terminemos de una vez. Yo me vuelvo al pueblo y suelto las vacas dentro de la cerca.

Precisamente, gracias a esta intervención, cesan como por ensalmo las disputas y se organizan dos grupos de escopeteros, cada uno de los cuales cubrirá una de las vertientes de la loma en que se asienta el pico.

Los ojeadores nos desplegaremos en una sola hoz cuando calculemos que los hombres de las escopetas, caminando en silencio absoluto rodeando las manchas, estén a punto de alcanzar sus puestos. Hacia éstos caminaremos nosotros, a derecho por el monte.

Nuestra cuadrilla se pone en movimiento a eso de las ocho de la mañana.

La consigna es no perder de vista al ojeador que marcha a tu izquierda y dejarse ver por el de la derecha, para que no se descomponga la línea, y armar cuanta bulla se pueda a voces o haciendo sonar tapas de cacerolas, sartenes viejas y latas, que cada uno lleva, para que al lobo no le tiente volverse atrás cuando se vea atrapado en el cerco.

Marcha a mi izquierda el señor Elías y poco más allá su mujer, casi setentona, pero valiente y animosa. A mi derecha se ha colocado Sabela, una rapaza montaraz que lo mismo sale al ganado que a la hierba y trepa los riscos como un rebeco y las hayas como un mono, muy morena ella, con una cara redondita y graciosa y unos ojos como brasas de vivos. Poco más allá va Rodri.

Sabela y Rodri son hijos de Eutimio, el furtivo carnicero.

Eutimio, que era viudo y poco o nada había hecho por dar a sus hijos una educación, se lamentaba continua y lastimeramente de la forma de ser de cada uno y de que le hubieran salido él lelo y marimacho ella.

—A Rodri —decía— le pinchas las venas y salta aceite. Si sacase una mano a pasear, tumbaría a un novillo. Pero le apoca el más gijas de los chicos del pueblo. Y ella, con el cuerpo y los edemas de una moza, no piensa sino en trepar a los árboles en busca de nidos, saltar tapias, echar carreras con los chicos y montar caballos a pelo.

Lo de Rodri era cierto hasta un punto. Rodri sacó la mano a pasear una vez y Pedro, el de Alfonso, estuvo cuarenta y ocho horas sin sentido o casi sin él. Rodri se tiene miedo a sí mismo, no a los demás. En cuanto a ella, lo único que puedo decir es que a los chicos nos gustaba que se uniese al grupo. También nos gustaba verle los muslos cuando trepaba o cómo le palpitaba el seno y se le encendían las mejillas después de una carrera, que siempre nos ganaba. Nos habían educado en el respeto a la mujer y ninguno pensó, ni por un momento, faltar al respeto que Sabela nos merecía.

De aquella batida, bien planeada pero improvisadamente organizada —pensaba yo—, poco peligro podría seguirse para el lobo padre. Pero seguramente se descubriría el cubil con las crías. En la dirección que marchábamos los ojeadores, no tendríamos más remedio que pasar sobre él y la docena y media de perros que nos acompañaba no podría por menos de olfatear la lobera que, pese a los cuidados de la loba por mantenerla en exquisita limpieza, terminaba por despedir un olor característico y delator.

En realidad, yo no había prestado mi ayuda al lobo pensando en sus crías, sino en él mismo. No había visto nunca a los lobeznos y antes que afecto me infundían cierto resentimiento puesto que ellos eran la causa de los padecimientos del lobo a quien, por conocerlo bien, había cobrado verdadero cariño.

Desde un punto de vista egoísta, la muerte de las crías resultaría beneficiosa: para el lobo, por cuanto dejaría de verse forzado a cacerías peligrosas; para los hombres, porque el lobo, sin lobeznos, no atacaría a los ganados. Incluso para mí, puesto que el lobo no precisaría de mi auxilio y cesarían, con ello, mis compromisos.

Que el lobo padre burlaría sin esfuerzo el bloqueo del arco de ojeadores se puso de manifiesto en el estado de descomposición en que se encontraba la línea a poco de arrancar el ojeo. Unos se adelantaban, otros se retrasaban y unos terceros preferían marchar charlando junto al vecino u orillar espesas que resultaban incómodas de cruzar.

Con ello se producían huecos que de ninguna manera cubría el estruendo de latas, sartenes y cacerolas que se inició muy brioso, pero que, naturalmente, fue cediendo a medida que avanzaba la batida.

Elías se desgañitaba ordenando mantener la línea y las distancias. Sabido es que la fuerza de una orden disminuye de acuerdo con la distancia a que se encuentra el que la recibe. Elías cayó en el desaliento al comprobar lo poco que conseguía a costa de enronquecer.

Sabela se me aproxima y me pregunta si nunca se había acercado el lobo a los potrillos en los días que había permanecido en los prados altos del río. Le contesto que no.

—¿Qué hubieras hecho si, estando solo, se presenta el lobo?

—Supongo que, más o menos, como Martinillo: salir corriendo en busca de auxilio. ¿Qué otra cosa te parece que podría hacer?

—¿No tienes una buena tralla?

—¿Crees que le iban a imponer al lobo unos trallazos?

—Lo que sí es si le zurcieras los morros bien zurcidos...

Sabela no sabía lo que se decía, aunque, conociéndola, no me hubiera extrañado que hubiera tratado de mantener a raya al lobo a trallazos, si hubiera tenido ocasión.

—Lo que había que tener —dije yo, por decir algo— era un par de mastines con carlancas. Al extremeño no le entra el lobo por un cabrito.

—Esos mastinazos te comen por un pie. No lo hace cada uno con pan y medio cada día. Padre dice que saldrían más caros que el lobo.

—Con lo que se desperdicia en las casas manteniendo tantos perros y gatos inútiles se podrían mantener, no dos, sino media docena de mastines —repliqué.

Fue ella a decir algo, pero Elías gruñó sordamente con la poca voz que le quedaba y Sabela se retiró.

Poco más adelante volvió a aproximarse.

—¿Es cierto que te vas a estudiar para maestro?

—Eso quieren padre y don Ramón. A mí no me hace muy feliz la idea ni imagino de dónde va a sacar padre para pagarme los estudios.

—Me ha dicho Rodri que se da por hecho.

—Si me mandan, a ver, tendré que ir. Por gusto no iría. A mí me tira esto.

—Pues eres tonto, desperdiciar una ocasión así.

—¿Ocasión de qué? A mí me gusta la aldea y el ganado. ¿Qué pinto yo en una casa extraña, yendo a una escuela donde todos son desconocidos y de otra clase?

—Lo que te pasa a ti es que eres un poco cagón y tienes miedo a la gente. Ni siquiera miras a la cara cuando hablas con una persona.

Por mucho que me encocorase que una chica me dijera algo tan humillante, me tuve que callar. Porque precisamente cuando Sabela me miraba, frunciendo un poco la nariz con un gesto inquisitivo muy suyo, se me caían los ojos al suelo como un par de plomos.

Sonaron dos tiros y la línea de ojeadores se detuvo, en silencio, esperando oír los gritos de júbilo de los escopeteros. Aunque la distancia entre las líneas de ojeadores y de escopetas fuera todavía considerable, caminábamos cara al viento y la mañana era muy terne. De haberse producido, se hubieran oído los gritos con los que celebraría la muerte del lobo.

No se produjeron. Luego nos enteraríamos de que se había disparado, no contra el lobo, sino sobre una liebre que le entró

a Eutimio. Este, que es como es, pensó que más valía liebre en mano que lobo en el aire, y disparó a ciencia y conciencia de que con ello podía echar por la borda el trabajo y los objetivos de todos los habitantes de la aldea, que puede imaginarse cómo reaccionarían ante el comportamiento del incorregible padre de la muchacha.

Los disparos, al menos, tuvieron la virtud de galvanizar la línea de ojeadores que, saliendo de su embarullado letargo, se recompuso aceptablemente de cara al último tramo del ojeo y, en relativo buen orden, caminó todavía durante diez minutos golpeando furiosamente los cacharros.

Al cabo de ellos, se encendió un furioso tiroteo en la línea de espera, como si el lobo cruzara a lo largo de ella, dando ocasión de disparar a muchos de los apostados. Cuando se apagó el eco de los cartuchazos, que rebotaba en las paredes de roca y bajaba crujiendo hasta las vaguadas, se oyeron las voces de los escopeteros que, indudablemente, habían hecho sangre.

Los batidores animaron el paso para salir pronto de incertidumbres y yo corrí con ellos, pues me resistía a admitir que un animal tan inteligente y rico en recursos como el lobo se hubiera dejado atrapar en una operación tan chapucera como la que habíamos realizado.

Cuando faltaban apenas ciento cincuenta metros para alcanzar la línea de escopetas y con la de ojeadores en completa descomposición, me pareció ver cruzar un bulto gris por un pequeño claro entre los espesos brezos. No se trataba de uno de los perros que nos acompañaban porque parecía de alzada bastante mayor, pero, sobre todo, porque al animal que fuera le seguía otro menudo y mucho más oscuro.

Podía ser la loba acompañada por un lobezno.

La loba que presiente un inminente peligro para su cubil toma los cachorros, de uno en uno, por la piel del cuello y los esconde por el monte, desperdigados.

Los lobeznos podían ser algo crecidos y, en lugar de llevarlos en la boca, la loba se hacía seguir por ellos.

—Cuidado, Sabela, por delante de ti va a cruzar la loba —grité.

Se conoce que no levanté la voz lo suficiente y Sabela no me oyó.

Me oyó, sin embargo, el lobo padre, porque de él se trataba. Volvió a comparecer en el claro por el que le viera cruzar, pero no huyendo sino buscándome con la mirada.

Aún hoy, no sé en qué medida la vista de un lobo será capaz de distinguir una persona de otra a cierta distancia.

Los animales no tienen una visión tan precisa como la nuestra. La mayoría de ellos, por lo menos, no distinguen los colores como tales sino de una manera similar a como quedan reflejados en una fotografía en blanco y negro reproducida en un periódico, en la que a cada color corresponde una retícula de diferente trama.

Animales hay que no aprecian la distancia mediante la vista y así un toro o un rinoceronte acometen bajando la cabeza muchos metros antes de alcanzar al animal a quien tratan de atacar porque no tienen medida exacta de la profundidad del campo a que se encuentra.

Un halcón colgado del aire es capaz de detectar una perdiz que rebulle bajo un espino a trescientos metros de distancia. Pero no la reconocería a un solo metro si la perdiz se inmovilizase totalmente contra el suelo de un rastrojo.

Digo esto porque el lobo se me quedó mirando muy extrañado y fijamente, pero, hasta que no me decidí a hablarle, después de comprobar que ni Elías ni Sabela podían oírme o verme, él no se decidió a avanzar hacia mí.

Tras del lobo padre se movía un lobezno pequeño y oscuro, de menudas orejas, redondo y lanudo como un osito de peluche.

Con absoluta seguridad, la loba lo había dejado escondido y, al ver cruzar a su padre, por azar, frente al escondite, había salido a su paso.

Un latigazo de emoción me estremeció las vísceras y a punto estuvieron de saltárseme las lágrimas.

El lobo hubiera desbordado la línea de ojeadores de frente o por un costado en la mayor impunidad. Pero el lobezno le retenía, ya que apenas podía moverse entre la maleza.

El lobo me miraba de un modo como si implorase mi ayuda.

El monte allí era muy cerrado, pero no alto, pues la mayoría del matorral la constituía el brezo. Calculé que podía escabullirme, sin llamar la atención, caminando encorvado. Hice señas al lobo con la mano para que me siguiera por un senderillo y comencé a separarme de la línea de ojeadores.

El lobo me siguió al paso que permitían las cortas y poco entrenadas patas del lobezno y cuando calculé que los ojeadores estaban suficientemente distanciados esperé a que me alcanzara.

Se paró como a cinco pasos de mí. Me volví ofreciéndole en la mano mi merienda. Por supuesto, sabía yo que el lobo no tomaría la comida en aquellas circunstancias. Pretendía, solamente, que reconociese, en un gesto que le resultaba familiar, mi disposición amistosa por si el hecho de que yo participara en una batida destinada a exterminar su casta hubiese creado en él algún tipo de recelo.

El lobo aguantó mi aproximación y, todavía, cuando me agaché, poniendo la cara a tan pocos centímetros de su nariz que notaba su respiración e incluso cuando estiré el brazo para acariciar al lobezno que se había refugiado entre sus patas.

Todo ello hablándole en susurros y moviéndome con sumo cuidado.

El lobo padre, por último, retrocedió un par de pasos y el lobezno, a mis caricias, se tumbó panza arriba, me cogió la mano con las suyas y la mordió, jugueteando, con sus dientecillos afilados como agujas.

Levanté en brazos al lobezno sin perder la cara al lobo por si se producía una inesperada reacción violenta por su parte.

No la hubo, porque el lobezno, que había establecido contacto conmigo confiadamente puesto que le consentía su padre, consideró aquello, no como un rapto, sino como una continua-

ción del juego iniciado y continuó mordisqueando mis mangas y mi blusilla.

El lobo, que había permanecido atento y tranquilo, cuando arranqué a andar, me siguió; unas veces, detrás, colocándose a mi altura; a izquierda o derecha, otras.

Oíanse las voces acaloradas de los hombres en el barranco y el lobo padre volvía hacia allá la cabeza. En ocasiones se paraba y abocinaba las orejas para mejor enterarse de lo que por allí ocurría, aunque el propio hecho de acompañarme implicaba que aceptaba resignadamente lo peor, con ese estoicismo con que los animales asumen los hechos superiores a sus fuerzas.

Si un lobo arrebatase el potrillo propio a la misma yegua pía, ésta dejaría de luchar más pronto lo viera herido. Si el hecho ocurría de mañanada, por la tarde pacería entre las demás sin más muestras de inquietud que las derivadas de la retención de la leche en las ubres.

Por el momento, el lobo padre y uno de los lobeznos habían eludido el peligro de las escopetas. Lo demás era historia, tanto daba que fuera reciente como lejana.

Seguramente hubiese muerto la loba como consecuencia del tiroteo que escuchamos y los hombres andarían rastreando con los perros los lobeznos que la madre hubiera desperdigado por las anfractuosidades del monte. No estaba a nuestro alcance hacer algo para evitar nuevas muertes.

Corrí hacia el chozo que levantaran los merineros cerca de las praderillas altas del río, antaño, cuando venían desde Extremadura a hacer los veranos con los rebaños.

Tardaría unos veinte minutos en alcanzar el chozo. Sus ruinas, en realidad, puesto que la techumbre se había derrumbado, forzando con su presión, el agrietamiento de las paredes. La puerta estaba atascada.

Introduje el lobezno por un ventanuco y dejé mi merienda a su alcance por si no podía volver de inmediato.

Enseguida regresé corriendo al punto de encuentro de ojeadores y escopeteros. El lobo me siguió unos pasos, pero no tardó en volverse hacia el chozo.

—¿Se puede saber dónde rayos te habías metido? —me increpó Sabela al verme aparecer jadeante y sudoroso.

—Tuve que volver atrás porque perdí el hatillo con la merienda —mentí, descaradamente, con fórmula que llevaba preparada.

Luego, para mejorar la coartada moral, pregunté si habían matado al lobo.

Sabela frunció la naricilla y se me quedó mirando al fondo de los ojos. Yo hice como que me secaba el sudor con la manga de la blusa.

—Han matado la loba y cinco lobeznos. Al lobo padre lo han llegado a ver, pero parece que se ha salido del ojeo y, como de costumbre, le echan la culpa a padre —dijo Sabela en un tono que me pareció intencionado.

—Y la tiene —intervino Rodri—. Le entró una liebre y la soltó dos tiros. Todos están que muerden con él y tienen toda la razón.

—Pero mañana cenaremos liebre —trivializó Sabela.

19

Se habían sentado los hombres en una abierta campera hasta la que habían arrastrado los cuerpos, mutilados y sucios de sangre y polvo, de los lobos muertos.

Las pobres crías habían sido brutalmente desfiguradas a golpes de cachabas y culatas, como si los hombres hubieran pretendido desfogar con su inocencia cien siglos de odios insatisfechos.

La loba, seca de carnes hasta dibujar una sierra el espinazo y deformada de ubres, aparte de muchas perdigonadas, había recibido un tiro de gracia a quemarropa que le había destrozado la cara, abierto el cráneo y dispersado la masa encefálica.

Hombres, mujeres y chicos compartían sus meriendas, hablando a voces con las bocas llenas y se pasaban las botas de vino con absoluta insensibilidad ante los cuerpos sanguinolentos de los animales, cuyo sacrificio parecía constituir una fiesta gloriosa.

Creo que odié a todos aquellos seres. Me alegré de que padre y Tomás no se encontraran entre ellos.

—Entonces, ¿no has encontrado el hatillo? —insistió Sabela.

—No, no le he encontrado.

—¿Quieres un poco de nuestra merienda?

—El caso es que no tengo hambre.

—Eso es lo malo de tener entrañas. Los que no las tienen comen tan tranquilos sobre la sangre de esos pobres animales y a ti se te revuelve el estómago.

Bajo hasta la fuente de Valdesaz, me apoyo en las palmas de la mano y en la rodilla y, de bruces y a morro, bebo el agua fresca y finísima, un poquitín dulce, que mana de la roca. Nunca dejo de hacer esto mismo cada vez que regreso a la aldea.

Sabela insiste en que tome una tajada de carne adobada de la fiambrera y una rebanada de pan. Rodri le apoya.

Regresamos luego los tres sin esperar a la gente. Los días son largos y queda mucha luz. Rodri quiere soltar las vacas, que llevan dos días sin salir. Sabela ha de preparar la cena y yo sacaré las yeguas a las eras hasta que anochezca.

En un momento en que Rodri se retrasa, Sabela me espeta:

—¿Por qué te volviste atrás cuando sonaron los tiros?

—Ya te lo he dicho.

—No es cierto que hubieras perdido el hatillo. Lo llevabas al brazo cuando te volviste.

Nos alcanza Rodri y Sabela cambia de tema.

—¿Verdad, Rodri, que don Ramón ha dicho que éste se va a estudiar para maestro?

—Sí, eso ha dicho.

—Habrá querido decir que a él le gustaría que yo estudiase. Pero ya te he dicho que a ver cómo va a poder padre pagarme los estudios con lo que gasta con madre. Además, que le hago falta aquí porque no da a basto para todo.

—Tú estás un poco en la inopia.

—¿Y eso?

—¿De verdad no sabes que Tomás está en tratos con tu padre para comprarle las tierras y el ganado?

—Es la primera noticia que tengo.

—¿No te digo? ¿Es que no los ves juntos a todas las horas?

—Son amigos de siempre.

—Pues tu padre quiere venderlo todo y poner una tienda en Valladolid —dijo Sabela. Luego continuó:

—¿Te imaginas, Rodri, a Pabluras (así me llamaban en la aldea) de señoritingo con corbata, guantes y sombrero? Si alguna vez se digna venir por aquí, nos mirará por encima del hombro y dirá: «Apartaos de ahí que oleis a montuno.»

—A mí me gusta el olor a montuno —protesté.

—Porque todavía te mueves en él. Ya me dirás cuando te laves a diario con jabón Heno de Pravia, te des gomina en el pelo para domeñar los remolinos del cogote y te pongas un pañuelo perfumado en el bolsillo alto de la chaqueta.

—¡Qué cosas tienes!

—Al tiempo.

Llegábamos a las tierras de cereales próximas a la aldea y Rodri se entretuvo recogiendo espigas de cebada con el grano en leche.

—También sé quién se ha llevado las gallinas de la Petra, el conejo de la Eufrosina y todo lo demás —susurró Sabela.

—¿Quién ha sido? —pregunté, a mi vez, pensando que Sabela, que llevaba toda la mañana con reticencias, sospechaba algo inconcreto y quería sonsacarme.

—Hay un pajarito que me lo cuenta todo. Pero no te preocupes que no diré una palabra a nadie. Te lo juro.

—¿Qué es lo que me juras que no vas a decir a nadie? —quise cerciorarme.

—Ayer estaba haciendo las camas cuando vi que alguien saltaba el bardo del corral de la Petra y salía con una gallina. Roja, por más señas. Me dije, digo: ¿Qué hace ese hombre ahí y dónde irá con esa gallina? Me asomé hasta la puentecilla y vi cómo le dabas la gallina al lobo que te estaba esperando. Me quedé de una pieza.

—¿Lo vio alguien más?

—Si te hubiera visto alguien más estarías en la cárcel. Yo sí he visto algo más. Vi cómo metías la cabeza debajo mismo de la boca del lobo y todavía no sé cómo pude aguantarme sin lanzar un grito. Si al agarrar al cachorro se le ocurre aullar, el lobo te hubiera despedazado.

—El lobo quería que yo tomase el lobezno porque a él no le permitía huir.

—Tienes que contármelo todo.

—Es una historia muy larga.

—Ya lo supongo. Un día que lleves las yeguas a las eras me acerco un rato y me lo cuentas.

Cuidar las yeguas en lo sucesivo —con el alma en vilo, pendiente de que comparecieran ya el lobo, ya Sabela, era demasiado. Con el lobo tenía bastante.

Además, había otra cosa. No puedo negar que me sentía atraído por la simpatía, el desparpajo y el, para mí, encantador cerrilismo de la muchacha, pese a lo que de ella dijese su padre y lo que ella dijese de mí.

Me hubiera resultado muy agradable, pues, recibir aquella visita. Pero me daba cierto reparo que alguien pudiera verla conmigo en la soledad de las praderas y esto pudiera dar lugar a murmuraciones que pudieran perjudicarle.

—Vamos a hacer una cosa —le propuse—. Te lo cuento ahora todo y que lo oiga Rodri también, que no me importa.

—A mí me encantaría —dijo ella— que esto fuera un estupendo secreto entre nosotros dos. Así, si alguien se va de la lengua y la cosa transciende, sería yo la única culpable. Pero te respondo de que no me iré de la lengua. ¡Menuda suerte has tenido con que fuera precisamente yo quien lo viera todo!

20

Le planteé a padre aquella noche si le parecía oportuno que volviese con las yeguas a las praderas altas del río, que tendrían buen brote, tras doce días vacantes. Muerta la loba y las crías y escarmentado el lobo, no creía yo que fuese capaz de presentarse por un potro.

Padre lo meditó medio minuto y contestó que le parecía bien que subiera allí el ganado.

El lobo no compareció.

No vino, tampoco, al día siguiente. Ni al otro. Transcurrirían meses hasta que lo volviera a ver en unas circunstancias ya muy diferentes.

El lobo padre, con mucha sabiduría, había delegado en mí no sus específicas obligaciones para con su única cría, sino las de la loba desaparecida.

Con ello, se producía una diferencia sustancial en los planteamientos. El ser que asumiría a partir de aquel momento las funciones de la loba —o sea: yo— tenía, al parecer, enorme facilidad para proveerse de gallinas, gatos, lechones, pájaros, topillos, pan y tocino. Le bastaba sacar estas cosas del fondo de las alforjas, como un prestidigitador del circo.

Él, el lobo padre, mediando adopción tan ventajosa para su

vástago, no se sentía obligado, como antes, a exponerse a coces de yeguas, zarpazos de osa, colmilladas de jabalí o fogonazos de escopeta.

En buenas manos dejaba su cría y él podría descansar de heridas, trabajos y padecimientos. Para atender sus propias necesidades, que él mismo hacía frugales, le sobraban topos, lagartos, culebras, ratas de agua y otros animalillos que podía capturar en la soledad del monte sin riesgos ni sobresaltos.

Él, el lobo, anhelaba el sosiego de las laderas espesas y quebradas donde no era de temer que llegara el odio del hombre.

También yo respiré profundamente después de que transcurriera una semana sin que el lobo apareciese ni junto al chozo en el que guardaba al lobezno, ni por las praderas altas del río.

Bien pensado, me había librado de la manera más satisfactoria de un atosigante compromiso: el lobo se había salvado, que era lo que yo pretendía, y había desaparecido discretamente, que era más de lo que podía esperar. Pero como en este valle de lágrimas no cabe dicha completa, a cambio de tan importante liberación, había recibido dos nuevas pequeñas preocupaciones: Sabela y el lobezno. Ambas (D. m.) serán objeto de un nuevo relato.

GLOSARIO

ABURAR. Quemar. *Aburar la ropa.*
ACUCLILLO. De cuclillas. Antes de cluquillas o cloquillas, de clueca. En cuclillas, postura como de estar sentado pero sin asiento o apoyándose en los propios talones. ***Me acuclillo sobre el agua.***
ADARME. Peso antiguo equivalente a algo menos de dos gramos. *Miaja.* Cantidad insignificante de algo material o inmaterial. *Todo gallo que se precie un adarme.*
AGUARDOS. Sitio donde se esconde el cazador que aguarda a la caza para tirarle. La propia acción de espera a la caza. *Establecer los aguardos.*
ALCUZA. Aceitera, vasija, muy frecuentemente de hojadelata y de forma cónica, en donde se tiene el aceite que se está gastando. *Alcuza de aceite.*
ANDORGA. Vientre: *llenar la andorga. Después de llenar la andorga.*
ANFRACTUOSIDADES. Irregularidad de una superficie, particularmente de un terreno. Se usa generalmente en plural: *las anfractuosidades de la sierra,* una piedra con anfractuosidades. *Anfractuosidades del monte.*
AOVILLADO. Aovillarse. *Acurrucarse.* Encogerse por el frío u otra cosa.
ASAINADO. Con saín, grasa o gordura del animal. *Lustroso y asainado.*
BANZOS. *Quijero.* Lado en declive, de una acequia, un canal u otro cauce. *Por los banzos de Peña Lamida.*
BARBUQUEJO. Barboquejo: correa con que se sujeta el sombrero, o gorra, etc., pasándola o atándola por debajo de la barbilla (barbada). *Las mangas por barbuquejo.*

BARDO. Expresión coloquial de barda. Cubierta vegetal con que se protegen las tapias de los corrales. *Bardo del corral.*

BELFO. Cualquiera de los labios de los caballos o de otros animales. *Vuelve el belfo.*

BREÑAS. Tierra quebrada y llena de maleza. *Encaramado sobre las breñas.*

CARETOS. Especie de lirón con la cara blanca y la frente y el resto de la cabeza con otro color. Se aplica a la caballería o a la res. *Cuatro lirones caretos.*

CARLANCAS. Collar con púas que se les pone a los perros para defender su cuello de las mordeduras. *Carlancas de púas.*

CÍNIFE. Mosquito, insecto díptero. *Con el suspiro de cínife.*

EMPRADIZADO. Terreno convertido en prado por efecto de la naturaleza. *Suelo empradizado.*

ENCOCORAR. Crispar. Descomponer. Exasperar. Irritar. Causar a alguien mucha irritación y enfado. *Me encocora verle todo el día sin hacer nada.*

GARAÑÓN. Burro, caballo o camello que se emplea como semental.

GIJAS. Sinónimo de chicas o gijas. Como sustantivo significa fuerza o vigor. Como adjetivo es sinónimo de el más endeble o medroso, se usa en sentido irónico. *Le apoca el más gijas de los chicos*, en esta frase se usa como adjetivo.

HURAS. Agujero pequeño. Madriguera. *Desalojar topos de sus huras.*

LONJA. Tira larga y no estrecha de cualquier cosa. Tira larga de cuero con que se sujetaba a las aves de cetrería a los bancos o a las alcándaras. Es muy similar a lo que se usa en los látigos para arrear a las caballerías. *Recojo la lonja tras la nuca.*

MAÑANADA. Sinónimo de madrugada. Ir con la fresca.

OLMA. Olmo muy corpulento y frondoso. *Se puede trepar por la olma grande.*

ORILLAR. Acercarse a un lugar sin penetrar en él. *Orillar espesas.*

ORZA. Vasija de forma de tinaja pequeña. *Las tajadas de la orza.*

PEDRESA. De piedra. Dícese de la gallina de capa o librea empedrada o barrada. *Gallina pedresa.*

REGAJO. Regato. Charco que forma un regato. Arroyo muy pequeño. *Remonta, por el regajo, hacia los breñales.*

RODERÓN. Surco que queda hecho en un camino por el paso de las ruedas de los carros. *Se cuela por el roderón que han tajado las ruedas.*

SABADEÑO. Se aplica al embutido hecho con la asadura y la carne peor del cerdo. *Que tampoco tiraba del sabadeño.*

SILLETA. Depresión en lo alto de un puerto de montaña que facilita el paso por él. *Pasa la silleta del puerto.*

SIRGA. Caminillo o senda paralela a la orilla de una corriente o masa de agua para atender las necesidades de la pesca de la navegación o del salvamento. Camino obligado que atraviesa una finca privada. Servidumbre de sirga. *Caminillo de sirga.*

TAMO. Borra, pelusa o basura ligera y menuda. Polvo mezclado con paja que queda en las eras después de la trilla. *Tamo de nada.*

TENADAS. Lugar donde se guardan los ganados.

TERNE. Obstinado. Bravucón.

TIESTAS. Engreídas. Tozudas. *Más pronto las veas tiestas arrea para casa.*

TRALLA. Cuerda, rastrillo pequeño. Correa o tira hecha de tiras de cuero, que se coloca al extremo del látigo. *Tralla las corvas.*

VEDIJA. Porción de lana o pelo de animal rizado o ensortijado. *Vedija maltrecha.*

VENEROS. Manantial de agua. *Anchos veneros de sangre espesa.*

VERRÓN. Sinónimo de rabieta o disgusto. *Te voy a dar verrón a ti.*

YACIJA. Cama pobre o cualquier cosa, por ejemplo: un montón de paja expuesta para acostarse en ella un hombre o animal. *Sobre la yacija del suelo.*

ÍNDICE

Colección CUATRO VIENTOS

Obras publicadas

1. LUNA ROJA Y TIEMPO CÁLIDO
por Herbert Kaufmann (5.ª edición)

2. SAFARI EN KAMANGA
por Herbert Tichy (4.ª edición)

3. PEQUEÑO ZORRO, EL GRAN CAZADOR
por Hanns Radau (3.ª edición)

4. PEQUEÑO ZORRO, EL ÚLTIMO JEFE
por Hanns Radau (4.ª edición)

5. AVENTURA EN LOS ANDES
por Hanns Radau (6.ª edición)

6. ATERRIZAJE EN LA SELVA
por Hanns Radau (3.ª edición)

7. ORZOWEI
por Alberto Manzi (10.ª edición)

8. LA ISLA DE LOS DELFINES AZULES
por Scott O'Dell (10.ª edición)

9. PILLASTRE, MI TREMENDO MAPACHE
por Sterling North (3.ª edición)

10. AVENTURAS EN ÁFRICA
por Kurt Lütgen (3.ª edición)

11. TRES CAZADORES EN SIBERIA
por Joseph Velter (3.ª edición)

12. LA PERLA NEGRA
por Scott O'Dell (4.ª edición)

13. SIETE CHICOS DE AUSTRALIA
por Ivan Southall (3.ª edición)

14. CUATRO AMIGOS EN LOS ANDES
por Sadio Garavini

15. BORIS
por Jaap ter Haar (4.ª edición)

16. DANNY, CAMPEÓN DEL MUNDO
por Roald Dahl (2.ª edición)

17. PERDIDOS EN LA NIEVE
por Reidar Brodtkorb

18. UT Y LAS ESTRELLAS
por Pilar Molina Llorente (3.ª edición)

19. VEVA
por Carmen Kurtz (8.ª edición)

20. LANDA EL VALIN
por Carlos M.ª Ydígoras (2.ª edición)

21. EL RÍO DE LOS CASTORES
por Fernando Martínez Gil (5.ª edición)

22. DARDO, EL CABALLO DEL BOSQUE
por Rafael Morales (4.ª edición)

23. CITA EN LA CALA NEGRA
por Josep Vallverdú (2.ª edición)

24. VIKINGOS AL REMO
por Carmen Pérez Avello (2.ª edición)

25. LA PIEDRA Y EL AGUA
por Montserrat del Amo (2.ª edición)

26. VEVA Y EL MAR
por Carmen Kurtz (3.ª edición)

27. BALADA DE UN CASTELLANO
por María Isabel Molina (2.ª edición)

28. PETER, EL PELIRROJO
por Ursula Wölfel (2.ª edición)

29. FANFAMÚS
por Carmen Kurtz (2.ª edición)

30. LA TIERRA DE NADIE
por A. Martínez-Mena (3.ª edición)

31. RAMÓN GE TE
por Lolo Rico Oliver

32. VIERNES O LA VIDA SALVAJE
por Michel Tournier

33. EL SECRETO DE LA FOCA
por A. Chambers

34. GALLINAS SUPERGALLINAS
por Dick King-Smith

35. EL MAR SIGUE ESPERANDO
por Carlos Murciano (3.ª edición)

36. LAS AVENTURAS
DE UN CABALLO NEGRO
por Gunter Steinbach

37. TRAMPA BAJO LAS AGUAS
por Josep Vallverdú

38. HUIDA AL CANADÁ
por Barbara C. Smucker

39. GÓLEM. EL COLOSO DE BARRO
por Isaac Bashevis Singer

40. PABLURAS
por Miguel Martín Fernández de Velasco

41. EL TERRIBLE FLORENTINO
por Pilar Molina

42. NUBES NEGRAS
por Barbara Smucker

Colección MUNDO MÁGICO

Obras publicadas

1. VACACIONES EN SUECIA
por Edith Unnerstad (7.ª edición)

2. EL RATÓN MANX
por Paul Gallico (2.ª edición)

3. JIM BOTÓN Y LUCAS EL MAQUINISTA
por Michael Ende (8.ª edición)

4. JIM BOTÓN Y LOS TRECE SALVAJES
por Michael Ende (5.ª edición)

5. ZAPATOS DE FUEGO Y SANDALIAS DE VIENTO
por Ursula Wölfel (13.ª edición)

6. HUGO Y JOSEFINA
por María Gripe (3.ª edición)

7. LAS FANTÁSTICAS AVENTURAS DE ALARICO
por Helaine Horseman (2.ª edición)

8. LAS TRAVESURAS DE JULIO
por Ursula Wölfel (4.ª edición)

9. LA FAMILIA MUMIN
por Tove Janssen (5.ª edición)

10. EL BANDIDO SALTODEMATA
por Otfried Preussler (5.ª edición)

11. ROBI, TOBI Y EL AEROGUATUTÚ
por Boy Lornssen (4.ª edición)

12. EL PEQUEÑO FANTASMA
por Otfried Preussler (5.ª edición)

13. LAS EXTRAÑAS VACACIONES DE DAVIE SHAW
por Mario Puzo

14. NUEVAS AVENTURAS DEL BANDIDO SALTODEMATA
por Otfried Preussler (3.ª edición)

15. HISTORIA DE PIMMI
por Ursula Wölfel (3.ª edición)

16. LA FAMILIA MUMIN, EN INVIERNO
por Tove Janssen (2.ª edición)

17. EL BANDIDO SALTODEMATA Y LA BOLA DE CRISTAL
por Otfried Preussler (3.ª edición)

18. EL GENIECILLO DEL AGUA
por Otfried Preussler (3.ª edición)

19. LA PEQUEÑA BRUJA
por Otfried Preussler (3.ª edición)

20. ANIMALES CHARLATANES
por Carmen Vázquez-Vigo (5.ª edición)

21. LAS FANTÁSTICAS AVENTURAS DEL CABALLITO GORDO
por José Antonio del Cañizo (3.ª edición)

22. LAS TRES NARANJAS DEL AMOR Y OTROS CUENTOS ESPAÑOLES
por Carmen Bravo-Villasante (2.ª edición)

23. FERAL Y LAS CIGÜEÑAS
por Fernando Alonso (4.ª edición)

24. MERCEDES E INÉS O CUANDO LA TIERRA DA VUELTAS AL REVÉS
por Consuelo Armijo (3.ª edición)

25. PIEDRAS Y TROMPETAS
por Carmen Kurtz (3.ª edición)

26. GUAU
por Carmen Vázquez-Vigo (2.ª edición)

27. PIRIPITUSA
por Mercedes Roig Castellanos (2.ª edición)

28. LAS MANOS EN EL AGUA
por Carlos Murciano (4.ª edición)

29. LA HERMOSURA DEL MUNDO
por Carmen Bravo-Villasante (2.ª edición)

30. RYN, EL CABALLO SALVAJE
por Bohumil Riha (2.ª edición)

31. FABRICIO Y EL PERRO
por Jean Cazalbou

32. MERCEDES E INÉS VIAJAN HACIA ARRIBA, HACIA ABAJO Y A TRAVÉS
por Consuelo Armijo (2.ª edición)

33. LA LLEGADA DE JUTKA
por José Manuel Briones

34. LAS COSAS DEL ABUELO
por José Antonio del Cañizo (2.ª edición)

35. CUENTOS PARA BAILAR
por Montserrat del Amo

36. UNA LUZ EN EL BOSQUE
por Denis Brun

37. SIRENA Y MEDIA
por Carmen Vázquez-Vigo

38. ANTÓN RETACO
por M.ª Luisa Gefaell (2.ª edición)

39. UIPLALÁ
por Annie M. G. Schmidt

40. SUEÑO DE UN GATO NEGRO
por Carmen Pérez Avello

41. DETRÁS DEL MURO
por Ursula Wölfel

42. EL ÚLTIMO VAMPIRO
por Willis Hall

43. EL VIAJE DE JUAN
por Bohumil Riha